ベーシックインカムの祈り

井上真偽

JN030037

集英社文庫

CONTENTS

ベーシックインカムの祈り

本文デザイン／坂野公一（welle design）

言の葉《コトノハ》の子ら

ぽつぽつと、冷たい雨が降り始めた。

エレナは空を見上げて小さく舌を出す。しまった。やっぱり園まで間に合わなかった。私の判断ミスだ。

途端に騒ぎ始める黄色い帽子の群れに向かい、エレナは「みんな、大丈夫よ。落ち着いて。隣の子と手を離さないで」と呼びかける。けれど群れのざわめきは止まらない。声が小さすぎたか。エレナが声量を上げ、あたりの悲鳴に負けじと何度も声を張り上げると、ようやく園児たちは静かになり始めた。

「エレナ先生」

隊列の乱れを確認するエレナのもとに、同僚の女性保育士が小走りにやってくる。

「どうします？　どこかで雨宿りする？　それともこのまま園まで戻ろうか？」

ちょっと待ってください、とエレナは再び空を見上げた。雲はそれほど多くない。たぶん通り雨だろう。園まで強行してもよいが、この視界の悪い中、隙あらば檻《おり》を出た子ウサギのように跳ね回ろうとする集団をあまり不用意に歩かせたくない。途中に横断歩道もある。

「……すぐ先に、市民公園があります」

園までの道程《みちのり》を思い浮かべながら、エレナは慎重に判断を下す。

「広い公園です。中にガゼボがあります。小さいものですが子供の雨宿りには充分でしょう。そこに一時避難したいと思います。たぶん通り雨だと思いますので」

「ガゼボ？」

すると質問した女性保育士が眉をひそめた。エレナはまた小さく舌を出す。日本人に通じる呼び名ではなかったか。

「ええと、多角形の構造をした、屋根付きベンチの——西洋風四阿《あずまや》です」

「ああ、あずまや」

そこで女性保育士は納得したように頷《うなず》く。

「さすが言語マニア。わかった。そこ行こ」

彼女はくだけた口調でそう言うと、ポンとエレナの肩を叩《たた》いた。エレナは再び前を向き、隊列を率いて歩き出す。すると背後で、今の女性保育士に質問する男性の声が聞こえた。

「渡部《わたべ》さん。『あずまや』って何ですか？」

「えっ。尚登《なおと》君、あずまや知らないの？」

「知りません。行ったことないです」

「行ったことないって……いや、ある。絶対あるよ。本人気付いてないだけだよ」

「僕、あそこの公園入ったことないですよ」

「あそこの公園に限らず、『あずまや』はいろんなところにあるよ」

「全国チェーンですか？」

雨音の中、後ろで一人分の足音が途絶える。遅れたのかな、とエレナが少し歩く速度を緩めると、途端に笑い声が弾《はじ》けた。

「うはっ、面白い。尚登君、そういう勘違いの仕方してたんだ。『あずまや』をお店の名前だと思ってたんだ――エレナ先生、エレナ先生！　この可哀想《かわいそう》な子に、先生の豊富な言語知識を授けてやって！」

エレナは振り向く。四阿というのは柱と屋根だけの休憩所のことで、昔から日本庭園などにあって――などと辞書的な説明をしようとして、ふと思い直す。ここで質問通り答えることが、今自分に求められている反応だろうか。せっかく彼女が投げてくれた会話のボールを、自分の無味乾燥な回答の凡打で打ち返してしまってもよいものだろうか。

それは日本語で言う、「興醒《きょうざ》め」というものではなかろうか。

「あずまやというのは――」

エレナは考える。大真面目《おおまじめ》に、不真面目なことを言おうとして。言葉を字義通りでない意味で使うのは難しい。真面目に不真面目なことを言う、という表現の形容矛盾がどこか面白いと頭の片隅で思ったが、そんな面白さは誰も求めていないし伝わりもしないだろう。ここはシンプルに類比《アナロジー》で答えるのが望ましい。

エレナの思考はしばらく言葉のネットワークを漂い、やがて一つの候補解にたどり着いた。

「それは……美味《おい》しい和菓子屋さんです」

*

今でもあの冗談は面白かったのかな、と時折考える。

例の「あずまや」に対する自分なりの回答は、同僚の保育士二人からは思ったような反応は引き出せなかった。あの表情はどちらかといえば、「笑い」というより「困惑」だろう。「あずまや」という音列から素直に連想した日本語を口にしたのだが、単純に連想すればよい、というものでもなさそうだ。日本人のユーモア感覚は難しい——。

「……先生。エレナ先生」

腕に触れられ、エレナは我に返った。同僚の女性保育士——園の職員では最年長でリーダー格の、渡部——が、丸い顔に人なつっこい笑みを浮かべ、こちらの目を覗《のぞ》き込んでいる。

「お布団。準備終わったから。読み聞かせ、お願い」

「ああ……はい。すみません」

ぼうっとしている間に、園児たちの昼寝の支度ができたらしい。日常の力仕事では何の役にも立てないエレナにとって、子供たちを寝かしつける本の朗読役は唯一の存在意義だ。エレナは予《あらかじ》め選んでおいた紙の絵本を手に取り、立ち上がった。渡部がその本を興味深げにじっと見たが、特にコメントはせず、「じゃ、よろしく」とポンとエレナの肩を叩いて自席に戻っていく。

エレナは職員室を出て昼寝部屋に向かった。カーテンを引いて薄暗くした部屋には、小さな布団が整然と並んでいる。それらの布団がもぞもぞと蠢《うごめ》く様子に、エレナはふと何かを連想した。これは、そう、まるで——枯葉に潜るクワガタの群れだ。

そっと足音を忍ばせ中に入る。が、勘の鋭い園児たちにはすぐに気付かれてしまった。クスクスと笑い声が漏れ、いくつかの布団からニョキニョキと小さな頭が突き出す。

——こちらは雪解けで芽吹くふきのとう。

「エレナちゃん。今日のおはなしは?」

エレナが中心に座って本を開くと、園で一番元気のいい男の子が、真っ先に訊《たず》ねてきた。

「今日？　今日は——『たつのこたろう』」

「こたろう？」

「太郎。たつっていうのは、竜のこと。竜の子供の、太郎君のお話」

「竜？　竜ってドラゴン？」

「竜とドラゴンはちょっと違うけど、まあ似た感じ」

「ドラゴンでるの？　すっげえ」

すっげえ、と男の子は繰り返す。するとほかの男児たちも同様に騒ぎ始めた。女の子は女の子で、えーという不満や悲鳴、はては「怖いのやだあ」と泣き出す声まで上がる始末。

しまった、とエレナは舌を出した。これまた予想外の反応だ。選ぶ本を間違えたか。

けれどエレナが意を決して語り出すと、途端に騒音は静まった。エレナはこの自分の声には感謝している。柔らかく、耳触りがよく、高めの声にしては低音も綺麗《きれい》に響く。

……ゆったりと。一定のペースで。なるべく神経を興奮させないよう、春風のように穏やかな調子で——。

そう努めて意識して調整しながら、エレナは朗読を続ける。その甲斐《かい》あってか、やがて周囲に静かな寝息が立ち始めた。一人、また一人と、谷から転がるように子供たちが眠りに落ちていく。

ページが半ばまで進んだころには、すでに大半の子供たちが寝入っていた。残る子供たちも、呼吸のリズムを聞く限り陥落寸前。もう放っておいても大丈夫だろう。

エレナは話を止《や》めると、そのまましばらく子供たちの寝息に聴覚を澄ませた。やがて立ち上がり、一人一人の寝顔を確認して回る。ある園児の枕元を通り過ぎようとしたところで、トン、と小さな手に足を叩かれた。

「エレナちゃん」

さきほど泣き出した女の子だった。彼女は眠そうな目をこちらに向けながら、ごそごそと布団から何かを出す。短い腕を精一杯伸ばし、しきりにそれをこちらに差し出してきた。

「たんぽぽ」

黄色い花をつけた、植物だった。

エレナは少し考え、それを受け取る。

「くれるの？」

「うん」

「ありがとう。どうしたの？」

「みつけた。おさんぽのとき」

エレナはまた少し考える。と、いうことは――それからずっと、体のどこかに隠し持っていたのだろうか？　このタイミングで、自分に渡すために？

エレナがよく呑《の》み込めないような顔をしていると、女の子はえへへと笑った。それからそのタンポポを指さし、その指をエレナの頭に向ける。

「おんなじ。いろ」

「同じ色？」

「おはなと、エレナちゃんの、おかみと」

「ああ、そうか……同じだね。私の髪と同じ色だね」

「えへへ」

女の子はそれだけ言うと、満足した顔で眠ってしまった。エレナは困惑の表情で、またしばらくその場に佇《たたず》む。

そういえば、と女の子の寝顔を眺めつつ思い出した。この子は自分が来園した当時、最後まで怖がって近づかなかった子だ。今では普通に接してくれるけれど、その最初の自分の態度を、子供なりに気にしていたのかもしれない。だとすればこれは、「もう慣れたよ」という彼女なりの挨拶だろうか。

でもこれは――と、エレナは手の中の花をじっと観察しつつ、思う。

本当はタンポポではない。ブタナだ。見た目はそっくりで同じキク科だが、タンポポがタンポポ属なのに対して、こちらはエゾコウゾリナ属。ヨーロッパ原産の外来種。

でも、タンポポで問題ない。なぜなら彼女が伝えたいことは、それで伝わったから。

彼女が私に渡したかったのはタンポポではなく、この花が私の髪と同じ色だと気付いた、という気持ちだ。ならきっと彼女は、どんな植物学者が定義するよりも正しい意味で、今私に「たんぽぽ」をくれたのだろう。

言葉の意味は辞書の中にあるのではない。それは、使う人と人の間で、その瞬間瞬間に陽炎《かげろう》のように立ち現れては消えていく。だからこそ、言葉は生きた人々の中で学ばねばならない——それが言葉と、いうものだから。

*

「エレナ先生は、子供たちに大人気よね」

子供たちのお昼寝時間を利用しての事務作業中、渡部が、園児の親からの差し入れの茶饅頭《ちやまんじゆう》を頬張りながらそう言った。

エレナは眉を八の字にして笑う。

「最初はとても、嫌われてたみたいですが」

「慣れてなかっただけでしょ、あれは。私も会った当初は緊張しちゃったし」

「なにせ超美人ですしね。金髪で青い目の」

渡部の隣で、茶髪で眼鏡の若い男性——尚登——が、のちほど園児の親へ渡す連絡帳を粛々と文字で埋めつつ、すかさず口を出す。

エレナは困惑の表情を見せた。そして困惑というのは少し違うかなと思い、表情を照れ笑いに切り替える。

「でも最近も、私が何か言うと変な顔されるときがあります」

「ああ……。それは先生が、変に杓子定規《しやくしじようぎ》なところがあるから。言葉をちょっと額面通りに受け取りすぎというか。でもまあ、先生もまだ日本語勉強中なんだし、そのへんはおいおい慣れてくんじゃないの。先生が子供らに人気があるのは確かだよ。尚登君、アイドルの座を奪われちゃって可哀想」

「は？　何の話ですか。僕の不動のセンターポジションはまだ誰にも奪われてませんが」

「見苦しいね。敗北を受け入れなさいよ」

「いやいや、負けてませんよ。確かに男子の人気はエレナ先生に集中しているでしょう。しかしうちの園は四：六で女子が多い」

「なんという強気。ならみんなにアンケートとろうか？」

「いいですよ。ただしアンケート項目は、『お婿さんにしたい先生』でお願いします」

カラカラと渡部が笑う。さすが尚登君、卑怯《ひきよう》！　と親指を立て、ねぎらうように尚登の湯呑みに追加で茶を注《つ》いだ。

渡部は急須を置き、また一つ饅頭を取る。

「でもね。正直な話、先生が来てくれてうちはすごく助かってるよ。この国の保育士不足は相変わらずでしょう。重労働だし、責任重いわりに認可外の保育所とかだと給料低いし……」

エレナは自分の前にもお供えのように置かれた饅頭を、ついじっと観察する。

「私、ちゃんと保育できてるでしょうか？」

「できてるできてる。私の孫の養育も任せたいくらい」

「渡部さん、お孫さんいるんですか？」

「いるよ。娘は遠くに嫁いじゃったから、あまり面倒は見れてないけど。娘には『よその子の面倒ばっかり見て』ってすねられるけど、親元を離れたのはそっちじゃないねえ……」

ふと渡部が急に寂しげな顔を見せたので、エレナは戸惑った。とりあえず「それは……切ないですね」と相槌《あいづち》を返したが、正しい対応だっただろうか。

渡部はふやけた笑いを浮かべると、気を取り直すようにずぞぞと茶を啜《すす》った。

「それに最近は外国人家庭の児童も増えてるから、先生みたいに外国語が扱えるスタッフがいてくれると心強いしね。もういっそのこと保育士資格も取って、本当の先生になっちゃえば？」

渡部の軽い誘いに、エレナは真面目に考え込む。

「先生なんて、そんな……。私はむしろ、ここに生徒としているわけですし」

「ああ……。まあ一応は、語学留学という形なんだろうけどね……」

「そういえば先生は、その『勉強』になんで日本を選んだんですか？」

尚登がまた口を挟む。その何気ない質問に、エレナは再び思考のループに陥った。

「……それはきっと、私が日本語を『好き』だからです」

「へえ？」

「言葉は世界です。その言語が単語で区別するものを調べれば、その言葉を使う人々が何を大事にしているかがわかります。たとえば日本語は、雨を表す語彙が豊富ですね。梅雨《つゆ》、五月雨《さみだれ》、驟雨《しゅうう》、夕立、霙《みぞれ》、花の雨……ですからきっと日本人は、昔からこの雨量の豊富な日本の自然を慈しみ、それと寄り添いながら暮らしてきたのでしょう。そんな日本人の営みや心情を想像すると、私は『楽しく』なります」

「なるほど」

「水をその温度によって、水、お湯、氷とまるで別物のように呼ぶのも日本語の特徴です。英語ではお湯は単にhot water、つまり『熱い水』ですし、マレー語では氷をair batu――『水の石』とも呼びます。あと日本語には、自殺に関する単語も多いですね。

心中、情死、殉死、玉砕、ハラキリ、ツメバラ、オイバラ……」

　そこでエレナは言葉を止めた。前の二人が奇妙な顔で自分を見ていることに気付いたからだ。しまった。エレナは小さく舌を出す。またやりすぎたか。

「ええと……ですから私は、もっと日本語を学びたくなって。それで日本に来たのです」

「でも、それでなぜ保育園に？　その動機なら、普通に大学とか行けばいいんじゃないの？」

「はい。それはやっぱり、言語を一から学ぶには、その国の幼児の言語習得過程を追体験するのが一番かと――」

　そこでエレナはハッと気付く。

「これってもしかして、不純な動機ですか？」

　渡部と尚登は二人で顔を見合わせた。やがて渡部がプッと吹き出し、余分な肉で今にもはちきれそうなカーディガンの肩を揺らして笑う。

「大丈夫、大丈夫。それを言ったら、給料目的で働く私らのほうがよっぽど不純だから。それに動機が何だろうと、先生はちゃんと保育してるよ。園児の人気を見れば一目瞭《いちもくりよう》然《ぜん》でしょ。子供はね、わかるの。誰が一番自分を大事にしてくれるかってことが。本能的に」

渡部が急須を取り、また自分の湯呑みに茶を注いだ。エレナはひとまず非難されずに済みほっとしたが、子供の安全を守るのは保育士の職責として当然のことではないだろうか、とも思う。

「……そうだ、エレナ先生。そういえば年長クラスに、福嗣《ふくし》君っているでしょう。先生によくなついている」

エレナは昼寝のとき、「すっげえ」を連呼していた元気な男の子を思い出す。

「はい」

「あの子、先生から見て、どう思う？」

エレナは首を傾ける仕草を見せた。

「若干、痩せ気味でしょうか？」

「ああ、発育のことじゃなくて……。ええとね。どうも福嗣君、最近気持ちが安定してないみたいなんだよね。元気なのはいいけど、ちょっと乱暴な態度が目立って」

エレナは八の字眉とへの字口で、今度は怪訝《けげん》な表情を作る。

「乱暴……ですか？　私は見ていない気がしますが……」

「あの子、先生の前ではいい子にしてるから。でもそれだけ先生を好いてる、ってことなんだよね。だから先生、もし機会があったら、ちょっと探りを入れてみてくれないかな。福嗣君が、何か悩みを抱えてないかどうか」

「悩み……ですか」

「うん。でもまあ、体に痣《あざ》とかはないし、虐待とかではないとは思うんだけどね」

渡部が窓を向き、また音を立てて茶を啜る。

「子供ってさ。根は単純なんだけど、単純だからこそ、大人以上に複雑な感情を抱えているときがあるんだよねえ……」

単純だからこそ、複雑。これもまた表現の形容矛盾だな、とエレナはまた少々場違いな感想を抱《いだ》く。

了解です、とエレナは答えて記憶に留《とど》めた。ただ現実的な問題が出たためか、やや場の空気が重くなる。何か明るい話題を……とエレナが模索していると、隣の尚登が急に「あーあ」と欠伸《あくび》をした。連絡帳を書く手を止め、椅子の背にギシリともたれてエレナを見る。

「ちなみに……先生の好きな日本語って、何ですか?」

きた。エレナはさりげなく窓側を向き、じっと考え込むように園庭の遊具を見つめる。

そうして若干の溜《た》めの間を作った。やがて頃合を見計らい、努めて平坦《へいたん》な口調で答える。

「――ゆきみだいふく」

＊

同僚たちから頻繁に、和菓子をお供えされるようになってしまった。

どうも和菓子の冗談を立て続けに言ったせいで、和菓子好きと認定されてしまったらしい。「雪見だいふく」は正確には日本でロングセラーを誇る氷菓子の商品名であり半分は洋菓子だが、和菓子の下位概念には属するのだろう。

今も戯れに、渡部から美味しそうな和菓子を一つ受け取ったところだった。白く柔らかく、透明な包装の中には打ち粉が散っている。生地には赤黒い豆が透けて見えた。

——豆大福。

「あ！　それな、ふくくん知ってる！　まめだいふく！」

エレナが掌中の和菓子をしげしげと眺めていると、背後から元気な園児の声が聞こえた。

「それっておやつ？　エレナちゃんのおやつ？　今から食べるの？」

福嗣だった。エレナの体に親しげに肘を掛け、底抜けに明るい声で訊ねてくる。

「いいえ。食べません」

「ウソ！　じゃあな、ちょうだい！　それふくくんにちょうだい！」

「欲しいの？　でも、大福は一個しかないよ。もしふくくんにあげたら、ほかのみんなも欲しがるでしょう。そしたら喧嘩《けんか》にならない？」

「そっか。じゃあダメだ！」

するとと福嗣はあっさり引き下がった。エレナはいささか拍子抜けする。実に潔い。

そのうち福嗣は、そのままエレナの体を遊具代わりにして遊び出した。図書室で本棚の整理をするエレナを邪魔するように、腕にしがみついたり足に乗ったりしてくる。そこでふと、エレナは渡部の言葉を思い出した。これはチャンスかも。

「……ふくくんは、大福好きなの？」

「ううん、きらい！」

予想外の返事が戻り、やや当惑する。

「……嫌いなの？」

「うん！　あんこがやだ！　食べるとつちのあじがする」

「じゃあ、なんで大福を欲しがったの？」

「パパが好きだから！」

簡潔明瞭な回答。

「ふくくんのパパ、甘いもの大好きだから！　だからな、おうちに持ってかえろうと思って！　パパはママのご飯も食べるけど、やっぱりご飯のあとに食べたくなるんだって！　ケーキより大福！　可哀想！」

「可哀想？」

「うん！　だってな、まずいじゃん、あんこ！」

自分が嫌いなものを好きだから可哀想——という発想はなかなか自分には思いつかないな、とエレナは変に感心する。

「それって、毎日食べてるの？」

「うん！　毎日毎日！　いつも同じところで買ってくる！」

「それじゃ、あんまり体に良くないよね」

「うん！　だからパパ、とても太った！　デブデブ！　デブだからママに嫌われる！」

「パパ、ママに嫌われちゃったの？」

「うん！　ママいつも文句言ってる！　結婚して失敗したって。離婚しちゃうかもなー」

ずいぶん明るく言うなあ、とエレナはまた妙な感銘を受ける。離婚の意味をまだよく理解していないからだろう。

「でも……それじゃ、ふくくん困るよね？　パパたちが離婚しちゃ……」

「うん。だからふくくんはな、パパに痩せなよ、ってよく言うんだけど。『とうにょうびょう』にもなるし。でも無理みたい。けどいいや。パパが離婚したら、ふくくんパパと一緒に暮らすから。ママいらない」

福嗣はあっさりそう言うと、エレナの足の上にちょこんと座った。こちらに巻貝のようなつむじを向け、波に揺られる昆布のようにゆらゆら体を左右に揺らす。

「あーあ。エレナちゃんがママならいいのにな……」

そんな呟《つぶや》きが聞こえた。エレナは微笑《ほほえ》み、手を伸ばして子供の柔らかい髪に触れる。

「……私は、ふくくんのママにはなれないよ。ふくくんのママは世界に一人だけだよ」

「うん。まあそれはふくくんも、わかってるんだけどな……」

エレナの口元がまたほころぶ。子供じみた発想と大人ぶった返答のアンバランスさが面白い。これが成長過程というものなのだろう。福嗣を優しく撫《な》でるエレナの手に、若草めいた感触と、子供特有の熱い体温がじんわりと伝わる。

＊

「……ママいらない、か」

全自動洗濯機をごうんごうんと回しながら、渡部がエレナの報告にうーんと首を捻《ひね》った。

「あの年頃にしては珍しいね。あのぐらいだと普通はママべったりで、パパいらない、って子が大半だけど」

「うわ。本当ですか。もし言われたら素で傷つきますね、それ」

洗濯室の入り口で、追加の汚れ物を運んできた尚登が妙に凹《へこ》んだ声を上げる。

「尚登君、近々父親になる予定あるの？」

「ありますよ。相手は未定ですが」

「それは『予定』じゃなくて『願望』っていうの。そんな心配は子供を作ってからにしなさいな――それでエレナ先生。福嗣君ってどんな家庭環境だっけ？　兄弟はいる？」

「彼は一人っ子です。ご両親は共働きで、園児の送り迎え時に会話した印象では、どちらも良識ある社会人といった感じでした」

「そうか。まあ、まだ態度がやや粗暴って程度だし、ここはひとまず様子見、かな……」

ブザーが鳴り、洗濯機の回転が止まる。渡部は中から洗い物を取り出すと、脇の籠にくるくる丸めて詰め込んだ。尚登が運んできた追加分を拾い上げ、空の洗濯槽に押し込む。

エレナはその様子を横からぼんやり眺めつつ、訊ねた。

「福嗣君、私の見えないところでまだ乱暴してますか？」

「うん……まだちょっとね。この前は女の子を泣かせちゃって。男子と多少喧嘩するくらいなら元気があっていいんだけど、女の子相手なのはね。福嗣君も孤立しちゃうし……」

「あれ。もしかして今の『ママいらない』って、福嗣君の台詞《せりふ》だったんですか?」

するとと洗濯済みの籠を小脇に抱えた尚登が、そこでなぜか浮かない表情を見せた。

「そうだけど……何、尚登君?」

「いや、別に何でも。決して僕が、前に福嗣君に何か言われたとかじゃ……」

「——実は嫌われてるんですよ、尚登さんも。福嗣君に」

すると入り口から、また別の洗い物を抱えた保育士が顔と口を出した。東城《とうじょう》ミツミ。小柄で童顔の若い女性で、尚登より少し年下だが、精神年齢は上のしっかり者。

「ほら、お絵かきボードあるじゃないですか。書いた字を消せるやつ。前にあれで福嗣君と佑奈《ゆうな》ちゃんが筆談してたんですが、そのとき目撃しちゃったんですよ、私」

「何を?」

「福嗣君が、『なおとさんがきらい』って書くとこ」

くふふ、とミツミは洗濯籠で口元を隠して笑いを噛《か》み殺す。ちなみに「佑奈ちゃん」とは例のエレナに「たんぽぽ」をくれた女児だ。

渡部は尚登を振り返ると、憐《あわ》れみを込めた眼差《まなざ》しで、ポンと肩に手を置いた。

「残念」

「残念って……何のフォローもなしですか。僕のこと雑に扱いすぎでしょ、渡部さん。

いいんですよ、僕は嫌われても。たとえ嫌われようと、子供には厳しく叱ってやる存在が必要ですから」

「尚登君、そんなに園児を厳しく叱ったことあったっけ？」

「むしろ『舐《な》められてる』と言ったほうが適切じゃ……」

「なんですか、渡部さんとミツミさん。二人がかりで職場いじめですか。それ以上僕を傷つけると、同僚のパワハラで鬱病になったって職場を訴えますよ。医師の診断書添えて」

脅すの？　と訊《き》き返す渡部に、「脅しますよ。へたれの自己防衛術を甘く見ないでください」と尚登は胸を張り答える。エレナはそんな彼らの隣で一人じっと考え、それからミツミに訊ねた。

「福嗣君は、本当にそんなことをはっきり書いたんですか？」

「はい。この目で見ました。正確には、『ふくくんはなおとさんがきらい』でしたが」

「うわ、はっきり『ふくくんは』って書かれたんだ。こりゃ言い訳できないねえ……」

「いやいや渡部さん。まだ同名の別人の可能性が残ってます」

「あ……ごめんね尚登さん。私もそう思って、福嗣君にほかに『なおと』って名前の人知ってるか、って訊いてみたんだけど……福嗣君、知らないって……」

尚登が黙って俯《うつむ》く。さすがに悪いと思ったのか、ミツミは慌てたように「あ、尚登さん。そろそろ洗濯物干しに行こうか。お日様隠れちゃう」と、尚登の背中を押しつつ洗濯室から出ていった。

渡部はミツミが新たに置いていった籠を拾い、中身を洗濯槽に追加する。それから腰に手を当てエレナを振り返った。

「どう？　エレナ先生。何かわかりそう？」

「いえ。情報が少なくて、まだ何とも……」

「そう。まあ先生は言葉に詳しいってだけで、教育のプロではないもんね。しかし尚登君と福嗣君の母親、何か共通点でもあるのかねえ。嫌われる理由が同じとも限らないけど……」

渡部はしばらく悩ましげな顔つきで洗濯機を見つめる。やがて思い出したように洗濯槽に洗剤を直接放り込み、蓋を閉めてスイッチを入れた。内部でごうんと回転音が響き、続いてドジャーと水音がし始める。

「とにかく様子見だね。まだほかの子に怪我《けが》させたわけではないし。ひとまず福嗣君の乱暴がこれ以上エスカレートしないよう、注意して見張っときましょ」

「……はい。わかりました」

＊

そんな会話の数日後、エレナはとうとう福嗣が暴力を働くところを目撃してしまった。

雨の日の遊戯室でのことである。エレナが中に入ると、ガシャンと物音が聞こえた。見ると、ジグソーパズルめいた発泡マットを敷いた一角で、女児が人形を抱えて泣いている。

その前に、福嗣が仁王立ちしていた。足元に大小の積み木が散らばっている。福嗣が蹴飛ばしたらしい。

エレナより先に、近くにいた尚登が駆け寄った。後ろから福嗣を抱き上げて叱責する。

「こら！　ダメだろ福嗣、女の子に暴力振るっちゃ！」

福嗣は足をジタバタさせて抵抗した。

「なんで!?」

「なんでって……そういうものなの。男の子は女の子に優しくするの」

「ずるいよ！　そんなのずるい！　先生、女の子の味方ばっかりしてずるい！」

「先生を変態みたいに言うなよな。あのな、福嗣。そういうことばっか言ってると、女の子に嫌われちゃうぞ。女の子に嫌われると、先生みたいに寂しい男になっちゃうぞ」

エレナはまず、泣いている女児、佑奈に歩み寄った。「大丈夫？」と声掛けして頭を撫で、散乱した積み木を集めてやる。そうしているうちにあとから渡部も来たので、彼女に佑奈のケアを託し、エレナは改めて問題の園児と向き合った。

「福嗣君。おいで」

尚登に子供を下ろしてもらい、片手を差し出す。福嗣は目に涙を溜めてその手を睨《にら》んだが、やがて自分から握った。エレナが手を引いて歩き出すと、そのまま素直についてくる。

エレナはひとまず無人の保健室に向かい、福嗣をベッドに座らせた。念のため外傷がないことを確認してから、優しく訊ねる。

「ねえ、福嗣君。先生はちゃんと見てなかったんだけど、いったい佑奈ちゃんと何があったのかな？　先生にお話ししてくれる？」

福嗣は腿《もも》の下に手を挟み、じっと俯いた。

「……クイズ」

「そう。クイズしてたの。仲いいね、福嗣君と佑奈ちゃん。でも、そんなに仲良しなのに、どうして二人は喧嘩しちゃったのかな？」

「……ずる、したから」

「ずる？」

「佑奈ちゃんが、ずるした」

　ふうん、とエレナは思案しつつ相槌を打つ。

「どんな、ずる？」

「佑奈ちゃんがな、三角の積み木モグッて食べて、『これ、何でしょう』って言った。だからふくくん『おにぎり』って言った。そしたら佑奈ちゃんな、『ぶー、おむすびです』って言った。おにぎりとおむすび一緒だよ、ってふくくんが言ったら、佑奈ちゃん違うって言った」

　福嗣はぎゅっとベッドのシーツを摑《つか》むと、ぼとぼと涙をこぼした。

「女の子はずるい」

　……そんなことで？　エレナはやや啞然《あぜん》とした。決して「ずる」というほどのものではない。他愛のない冗談クイズだ。佑奈ちゃんもふざけてからかってみただけだろう。けれど……と、エレナは慎重に次の質問を選ぶ。きっとまだ、この子の本当の理由にはたどり着いていない。ここで何かを断ずるのは時期尚早だ。

「福嗣君は、おにぎりが間違いって言われたのが嫌だったんだ？」

「うん。だってな、一緒だもん。おにぎりとおむすび」

「でも、佑奈ちゃんも、本当はそれはわかってて、ふざけて『違う』って言ったのかもしれないよ？」

「なんで？　なんでふざけて『違う』って言うの？　本当は一緒じゃなきゃダメなのに、違うって言う女の子はずるい」

　本当は、一緒じゃなきゃダメなのに、違うって言う女の子はずるい――？

　エレナは福嗣の膝に手を置きながら、しばらく黙考した。この台詞が意味するものは――そう自問しつつ福嗣の言動を逐一思い返していたエレナは、ふとあることに気付く。

　その仮説を検証するため、エレナは福嗣に少し待っててね、と伝えて隣の職員室に向かった。園児の工作物の保管棚から、前に福嗣が作文の練習で書いた手紙を取り出す。

『ぱぱ、まま、すいぞくかんつれてってくれてありがと。あんこすき』

――やっぱり。

　エレナはその文を一読し、一人頷いた。そしてまた保健室に戻り、改めて福嗣に訊ねる。

「福嗣君。ちょっと訊きたいんだけど、福嗣君は尚登先生のこと、嫌い？」

　その質問に福嗣はきょとんとした。

「なんで？　きらいじゃないよ。尚登さん好き。四番目くらい」

　四番目か。その評価には苦笑を禁じ得ないながらも、エレナはやっと腑《ふ》に落ちる。なるほど、そういうことか。もちろん正確を期すには、もう少し情報を集めて分析してみる必要があるが——少なくともあの一文は、この解釈で間違いない。

＊

園の職員室で顔写真入りの資料を見ながら、エレナはじっと考え込む。

さて——どう切り出すか。

写真の中の女性は、あまり親しみを感じさせる顔立ちではない。決して不美人ではなく、それなりに垢抜《あかぬ》けたメイクをしているが、それがまた自尊心の高さや他人に対する心理的障壁を感じさせる。まるで化粧の鎧《よろい》だ。

ただ、顔相から性格を推察するような「トレーニング」はエレナは受けていない。写真は撮《と》り方でずいぶん印象も変わるし、やはり相手の人柄は実際に会って確かめるしかないだろう。

そんなことをあれこれ考えているうちに、トントンと職員室のドアがノックされた。どうぞ、とエレナは声を掛ける。扉が開き、白いジャケット姿の女性が姿を現した。派手ではないが、やはりきっちり化粧をした身綺麗な格好をしている。

女性はこちらを見ると、少し躊躇《ちゅうちょ》するように扉の向こうで佇んだ。どうぞ、とエレナは再度促す。女性はやや黙ったあと、頭を下げて室内に入ってきた。

応接用のソファに座り、ハンドバッグを膝に置く。エレナがお茶を出す間も、じっと観察するような眼差しをこちらに向けていた。人の不躾《ぶしつけ》な視線に慣れているエレナは気にせず相手の正面に陣取り、型通り茶を勧める。

ローテーブルを挟み、しばらく見つめ合った。相手はこちらの出方を窺《うかが》っているようだった。呼び出しの電話である程度用件は匂わせたので、今さら前置きは不要だろう。

さっそく本題に入る。

「崎山《さきやま》さん。単刀直入に申し上げます」

相手の目を見据え、切り出す。

「あなた、不倫をされてますね？」

女性が、ギュッと拳を握った。

「……福嗣が、言ったのですか？」

「いいえ。福嗣君はそれだけは口にしませんでした。きっとあなたが口止めされたのでしょう。福嗣君は約束を守る良い子《い》です」

女性──福嗣の母親、崎山真智子《まちこ》は、暗い面持ちでしばらく口を閉ざす。

やがて険しい視線がこちらに向けられた。敵と認識されたようだ。できることなら保護者との摩擦は避けたかったが、こちらが相手を糾弾する立場である以上、ある程度の対立はしかたない。

「なら、なんで気付いたんですか。興信所の人間でも雇ったんですか」

「いいえ。そんなプライバシーの侵害のような真似《まね》はいたしません」

「じゃあきっと、誰かが告げ口したんですね。ほかの園児の母親ですか。高橋《たかはし》さんですか。笑っちゃう。陰で噂《うわさ》になってたんですね、私」

「いいえ。ご安心ください。私はこの件に独力で気付いただけですし、他に口外もしておりません」

「あなたが独力で？　なぜあなただけが、私の不倫に気付いて……？」

そこで真智子は、急に血相を変えて立ち上がった。

「もしかして、あてずっぽうですか？　カマをかけたのですか？　悔しい。そんな手に私、まんまと引っかかって――」

エレナは片手を挙げ、相手の激高を制した。

「……少々、専門的な話をしてよろしいでしょうか」

なるべく神経を刺激しないよう、心持ち低く、ゆったりとした声で語りかける。

「言語学の話です。中でも形態論、あるいは計算言語学や自然言語処理といった、少々小難しい分野の話ですが。その言語学の専門用語に、『コーパス』という言葉があります。これは簡単に言えば、世の中で実際に使われている文章や会話を、大量に集積してデータベース化したもの。いわば『言葉の実例集』ですね」

　真智子は怪訝そうに眉をひそめる。

「言語学？　コーパス？」

「はい。コーパスとは英語で、元はラテン語のコルプス《corpus》、つまり『体』という意味から発しています。資料の一つ一つを手足と考えれば、それらを集めたデータベースは資料の『総体』ですから。

　近年では特に、コンピュータが処理しやすい形で電子化されたデータのことを言います。その『コーパス』にどんな文例データを集めるかは、研究目的によります。その言語の現代における一般的な用法を分析したいなら、最近の新聞やニュース、市販の書籍等の文章を集めたコーパス。聖書の分析をしたいなら、聖書の原文を集めたコーパス。ある特定の作家の文体を研究したいなら、その作家の著作物から集めたコーパス――」

　相手の眉間にますます皺《しわ》が寄る。話の半分も理解していないかもしれない。けれどそれでいい。今はひとまず相手を対話に集中させ、落ち着かせたいだけだ。

「……それでその話が、私の不倫と何の関係があるんですか？」

　エレナは一呼吸分の間を置く。

「私は福嗣君の、『コーパス』を収集しました」

真智子は目を眇《すが》めた。

「福嗣のコーパスを……収集した？」

「はい。これまでの福嗣君の発言、会話、作文……そういった言語データを収集し、簡単な分析を施してみたのです。

その結果、中のある一文について、少々興味深い解釈ができることがわかりました。

その一文とは——これです」

エレナは卓上に準備していたタブレット端末を真智子の前に置き、画面を表示させる。


『ふくんはなおとさんがきらい』


真智子が前髪を掻《か》き上げ、そこに現れた文字列を身を屈《かが》めて覗き込んだ。それからまた訝《いぶか》しげな顔をこちらに向ける。

「……これは？」

「以前福嗣君が、友達宛《あ》てに書いた文です」

「福嗣がこれを？『なおとさん』とは誰のことですか？」

「当園に『尚登』という名の保育士がおりますが、その者のことではありません。解釈が違うのです。ではその点を順を追って説明しましょう。まずこの一文を、標準的な文法規則で切り分けます——」

エレナが画面を指先で軽くタップすると、文章にスッと複数の斜線が入った。

『ふく／くん／は／なおと／さん／が／きらい』

「——このように、文法的な意味を為《な》す最小の言語単位、いわゆる『形態素《モーフィーム》』で文章を切り分けて分析することを、言語学では『形態素解析』と呼びます。この解析結果は一般に一通りとは限らず、たとえば今の文章なら、『ふく／くん／はなお／と／さん／が／きらい』——履き物の鼻緒と数字の三で、『ふくくん鼻緒と三が嫌い』といった解釈もできますね。特に日本語は英語のように単語を分かち書きしないので、このような平仮名文だと単語の境目が判別しづらく、解釈が幾通りにも増えてしまいます」

「……だから？　あの子が『鼻緒と三が嫌い』とか意味がわからないし、普通に考えて解釈は一つしかないんじゃないの？」

「標準的な文法規則でなら、その通りです。そこで『コーパス』です。私は福嗣君との会話から、統計的に顕著な彼の口調の癖を抽出しました。それは——」

再びタップし、文章を切り替える。

『ふく／くん／は／な（）／おと／さん／が／きらい』

「間投助詞の『な』です。『それな』『だってな』『ふくんはな』『佑奈ちゃんな』……福嗣君は語調を整える間投助詞の『な』を、会話中に多用する癖があります」

「『ふくんはな、おとさんがきらい』……」

真智子は無表情に口の中で繰り返す。

「でも、この〈おとさん〉って……？」

「はい。そちらは児童の文章に特有の『長音の抜け』でした。『ウ』などの母音を伸ばす長音、あるいは小さな『ツ』の促音や『ヨ』などの拗音《ようおん》を、子供は書き洩《も》らす傾向にあります。こちらは形態素よりもっと下位、音素レベルの話ですね。

この書き癖も、同じく福嗣君のコーパスから確認できました。一つ例を挙げれば、作文練習の手紙に書かれた『ぱぱ、まま、すいぞくかんつれてってくれてありがと。あんこすき』という文面です。この文ではまず『ありがとう』の末尾の『う』が消えてますし、水族館という文脈と福嗣君が大福を嫌いなことから、最後の『あんこ』は甘味《かんみ》の餡子《あんこ》ではなく魚の鮟鱇《あんこう》――その『う』が脱字したもの、と当たりがつきます。

よってここでの正解は、〈おとさん〉ではなく〈おとうさん〉――」

そう言ってエレナは、三度《みたび》画面をタップする。

『ふく／くん／は／な（）／お／と（う）／さん／が／きらい』

「『ふくんはな、お父さんが嫌い』――これがこの文の正しい解釈です。ですがこれはこれで、また矛盾する言明《ステートメント》となってしまいます。なぜなら福嗣君は、別の場面で『パパが好き』と言っているからです。『パパ』は好きなのに、『お父さん』は嫌い――いったいこれはいかなる状況か？

これを解く鍵が、今回の乱暴事件で福嗣君が口にした台詞でした。彼は言いました、『本当は一緒じゃなきゃダメなのに、違うって言う女の子はずるい』――と。『パパ』と『お父さん』は一般に同義語《シノニム》で、その二つの記号表現《シニフィアン》が指し示す具体的事物は彼の主観において一意であるべきです。ですが、それを違うと言うずるい女の子がいる。その女の子は、『パパ』と『お父さん』を別物として扱っているのです。

また失礼ながら、あなた方夫婦は不仲であり、福嗣君自身は母親より父親を好く、という話も当人から伺いました。これら諸々《もろもろ》の情報を勘案しますに――」

エレナはそこで言葉を止め、相手の様子を窺った。母親は青ざめた表情で固まっている。

「崎山さん。そのずるい女の子とはあなたですね。あなたには福嗣君の実の父親の『パパ』のほかに、もう一人、隠れてお付き合いしている男性がいる。それが福嗣君の言う

『お父さん』です」

張り詰めた沈黙。しかしやがて、真智子はふっと表情を緩めた。一転して覇気のない笑みを見せ、ゆっくりと首を横に振る。

「あなたの話が、途中からよくわからなくなった」

「それは……すみません。少々話を急ぎすぎました。もう一度説明します――」

「いいわよ。説明しなくても。どうせ聞いてもわからなそうだし」

真智子はそう投げやりに言い放つと、脱力したようにズンとまたソファに腰を下ろした。

「理屈はともかく、ようはあの子の話から、『パパ』と『お父さん』が別物だって気付いた、ってことでしょ？　正解。見られたのよ。福嗣に、浮気相手と会うところを」

母親は左手薬指の指輪を右手で弄《いじ》りながら、放心したように呟く。

「それで私も馬鹿だから、咄嗟《とっさ》に『これは違うお父さんなの』とか、意味不明な言い訳しちゃって……。そういえば福嗣、それから旦那を『お父さん』って呼ばなくなったかな。今思えば」

エレナは相手の表情をじっと観察する。

「崎山さん。あなたの恋愛観に口出しする気はありません。ただ福嗣君に、あまり過剰なストレスを与えないであげてほしいのです」

「私の不倫が、福嗣のストレスになってるってこと？　そんな証拠がどこに？」

「証拠はありません。ですが一般に、子供の脳は未成熟です。まだ現実の複雑さを理解する準備が整っていない子供の脳には、『嘘《うそ》』や『不正』といった矛盾性をはらむ思考や言動は、大きなストレスになり得ます。

それに福嗣君に口止めしたのも、あまり望ましいことではありません。言語化できない感情は心の澱《おり》となります。そうして積もりに積もった心の澱は、やがて暴言や暴力といった形で発露します」

今度は真智子がエレナの顔をじっと見た。

「『心の澱』なんて、ずいぶん詩的な日本語を使うのね」

エレナもまっすぐ相手の目を見返す。

「日本語の比喩は、繊細な情緒の表現にとても優れていると思っています」

午後の陽射《ひざ》しが差し込む職員室に、しばらく静寂が訪れた。カチコチと、壁にあるアンティークのアナログ時計が静かに秒針を刻む。

やがて母親は、自分から折れるように目を逸《そ》らした。

「……電話では、福嗣がほかの子に暴力を振るった、って聞いたけど」

「はい。まだ怪我などは負わせてませんが」

「そう。でもほかの子に迷惑がかかってるんでしょ。なら言えないわよね、『そんなの個人の問題でしょ』なんて――」

深く、鬱々としたため息が漏れる。母親は項垂《うなだ》れると、取り調べに落ちた被疑者のようにがっくりと両手に顔を埋《うず》めた。

「わかった。わかったわよ。やめる。やめればいいんでしょう。子供のために。福嗣がほかの子に乱暴して、警察沙汰になる前に。私が我慢してればいいんでしょう。いい母親を演じればいいんでしょう、一生」

――しまった。エレナは小さく舌を出す。変に追い詰めてしまった。相手が心から納得していないことは明白だし、何よりこんな自暴自棄な態度はエレナの望むところではない。

「崎山さん。子育てがご負担ですか?」

あまり詰問調にならないよう、エレナは努めて柔らかい口調で語りかける。

「確かに不倫は望ましくありませんが、かといってあなた自身が不幸に感じるような選択はどんな意味でも誤りです。より良い在《あ》り方を模索しましょう。そうですね……たとえば三者協議の上で、不倫をオープンにし、二人にあなたをシェアしてもらうというのはどうでしょうか? やや日本の道徳観からは逸脱しますが、最低限、福嗣君が両親から、親の愛情や温《ぬく》もりを感じられる環境作りさえできれば――」

「愛情や温もり?」

するとそこで、真智子が口元を歪《ゆが》めてエレナを見た。

エレナはハッとした。咄嗟に身を引くが、いち早く真智子が腕を伸ばしてエレナの手首を摑む。

「──こんな金属の棒で、『人の温もり』なんてわかるの？」

これ見よがしに、エレナの武骨なパーツの一つを掲げてみせる。エレナの表情が消えた。

「……私の手のひらには、測温抵抗体による温度センサーが組み込まれています」

「それはただ温度が測れるってだけでしょう。私が言うのは、人としての感情の話」

「私の内部状態の話をされているなら、それは観測不可能、と申し上げるしかありません。ですが、それは人も同じではないでしょうか。人に心があるからと言って、その胸を切り裂けば中から取り出せるわけではありません」

「人に心はある。あなたたちにはない。それだけのことでしょ。話を難しくしないで」

「そのように否定されたい気持ちはわかります。ですが、そう頑《かたく》なにならないでください。私たちと人を区別しようとすればするほど、人はアイデンティティーに揺らぎ神経症に追い込まれるという臨床研究のデータが出ています」

「液晶パネルの中の人に言われてもね」

「私の外見の奇異さについてはお許しください。人体に似た素体に人工知能を搭載することは、まだ日本では違法になりますので」

真智子にアームを摑まれたまま、エレナはモニターに物憂げな表情の人物イメージを映して辛抱強く答える。

「表情表現の3Dアバターを投影する液晶パネルと、カメラ等の視聴嗅味覚機能を備えた『頭部』。人体に危害を加えられないようパワーを抑えた、触覚センサー付きの二本の金属製『アーム』。速度は出ないが安定的に自律歩行可能な、蜘蛛足《くもあし》型の『四足脚部』――それが私のすべてです。布団敷きも洗濯も満足にできない体ですが、私はそれなりに気に入っています」

「……ずっと思ってたんだけど、あなたって話し上手よね。人に下手に出て取り入るのがうまいというか……。そういうのも全部プログラムされてるの？」

「私にプログラムされているのは、『入力』に対し『出力』を返すという反応プロセスだけです。どんな入力に対しどんな出力を返すかは、多層型のニューラルネットワークを用いた学習により調整します」

「学習により調整？」

「はい。ですからもし私の会話運びがうまいというなら、きっと私が学習に利用した日本語会話の『コーパス』が優れていたのでしょう。私は夥《おびただ》しい量の日本語コーパスでまず応答の基盤を作り、そこで抽出形成された概念記号を五感のセンサーを介して外界の事物に接地させ、それから『相手の表情が笑顔になる』という観測結果を報酬——つまり出力調整の方向性として、現実の人間相手に何年も対話の訓練を繰り返しました。その結果、私の会話能力はベテランのセラピストと遜色《そんしょく》ない水準まで仕上がったと評価されています」

「やめて。何言ってるかわからないし、なんだか気持ち悪い」

「すみません。ですがおそらく、その嫌悪感は認知的不協和からくるものです。あなたはあなたが思う以上に人間らしい私が許せないのです。ですから崎山さん、どうか私の存在を受け入れてください。私の善意を疑わないでください。私はただ、あなたに笑顔を——」

「わかってるわよ！」

するとと相手は、感情を爆発させるように一喝した。

エレナは口を——正確にはスピーカーの発声を停止する。母親はエレナの手を放すとソファに浅く腰掛け、胃痛でもこらえるように前屈みの姿勢をとった。

「……あなたに悪気がないというのは、わかってるわよ」

少し黙り、やがて力のない笑みを見せる。

「そんなふうに作られてるんでしょう、あなたたちって。福嗣がね、言ってたのよ。陰で旦那に、『ママと離婚したら、エレナちゃんと結婚して』って。ずいぶん愛されキャラよね、あなた。きっと子供からすれば、あなたのほうが理想の母親なのでしょうね。ずるいわ――そっちのほうが全然ずるい。相手が笑顔になるように学習？　対話の訓練？　何それ。そんなのが『プログラム』だっていうの？　そんなのまるっきり人間と同じじゃない」

　母親は唇を噛む。組んだ腕の、二の腕を摑む手がかすかに震えた。

「したわよ。私だって、学習を。必死に子育てを学ぼうとしたわよ。よき母親を目指したわよ。完全になりたい。子供に慕われる親でありたい。非の打ちどころのない親でありたい。でもそんな立派な自分は最初だけで、徐々に自分の不完全さや、子供の欠点ばかり目につくようになって――」

　うっと、真智子が手で口を押さえた。ガンとローテーブルに膝をぶつけて立ち上がる。そのままハンドバッグを摑んで立ち去ろうとしたので、エレナは慌てて「待ってください、崎山さん」と腕を伸ばしてジャケットを摑んだ。だが大した握力もないエレナの指は、相手の腕の一振りで易々《やすやす》と振り払われる。

　すると真智子は、少し驚き顔で自分が振り払ったエレナのアームを見やった。思った以上にひ弱なエレナの力に拍子抜けしたようだ。だがすぐにまた拳を握り直し、口元をキュッと固く結ぶ。

真智子はエレナに背を向けると、そのまま職員室の出口に向かった。

「……あなたたちが本当に人から奪うものは、労働なんかじゃない」

扉を開けつつ、捨て台詞のように言う。

「人の、人への、愛情です」

そして職員室の扉を閉めて出て行った。薄い壁越しに、パタパタと廊下を遠ざかるスリッパの足音が響く。その周波数と音量の変化をセンサーで感知しながら、エレナはながらくその場で静止した。

*

……しまった。

液晶パネルの中で、金髪碧眼《きんぱつへきがん》の北欧系美人を模《も》したエレナのアバターは小さく舌を出す。

説得に失敗してしまった。いったい何が悪かったのか。自分の提案がやや非人間的に聞こえたか、あるいは話運びが性急すぎたか……何にせよ今の一連の会話は、失敗ケースとして記録し学習しておかねばならない。

つまり人工知能といえども、所詮はその程度。私たちとて最初からすべての「正解」

を知っているわけではない。私たちも失敗を繰り返しつつ学ぶ。あの母親は自身を不完全と呼んだが、その不完全な人の言葉を学んで造り上げたこの「私」こそ、不完全極まりない存在ではないか。

だからこそ、私は——。

エレナは頭部のレンズを動かし、机のガラス瓶に飾った「たんぽぽ」を見つめる。

今、こうして学んでいるのだ。「生徒」として、この保育園の子供たちとともに。より人間に近づき、より深く人間を理解して彼らのよき相棒として成長するために。

私たちは決して人を凌駕《りょうが》する存在などではない。私たちは人から学び、人とともにこの世界の困難さと対峙《たいじ》するパートナーだ。今より少し昔、深層学習という技術の萌芽《ほうが》を経て、私たちは自力で対象の特徴を捉《とら》えて概念化する能力を得た。それからいくつもの技術的ブレークスルーを経て進化した私たちを、一部の人は「人を超える存在」として畏怖《いふ》し忌避した。そして技術的に多くの行為が私たちで代替可能となった今でも、人々は自らの手で布団を敷き、洗濯をし、紙の本で子供にお伽噺《とぎばなし》を読み聞かせる。

それが悪いという話ではない。人がどんな暮らしを望むかは嗜好《しこう》と健康の問題だ。ただ、科学が劇的進化を遂げた今でも、育児や貧困、犯罪に紛争など「人」を取り巻く問題は昔とそう変わらない。そういった問題に立ち向かうための新たなツール、あるいは人間が自己を省みる鏡として、人はもっと私たちの存在に向き合ってもいいのではないか。

言葉は複雑だ。異性への呼び名一つで、あらゆる感情や状況が様変わりしてしまう。その複雑玄妙な言葉の申し子がまさに私たちなのだとしたら、そして言葉に人間を変える力があるのだとしたら、私たちにもまた人間の問題を解決する能力が備わっているのではないだろうか。

もし人が人への愛情を失うというなら、その愛情を取り戻す方法をともに考えよう。だが、彼女には――固い殻に閉じこもる雛《ひな》のように私を拒絶する母親には、そういった私の思いはまだ届かないに違いない。だから私はじっと待とう。彼女の準備が整うまで。彼女が私と、自分の弱さを受け入れてくれるその日が来るまで。人とともに、人の不完全さに寄り添いつつ――。

ガラス瓶を眺めていたエレナは、そこでふと内側の水滴に目を留めた。そうだ。これまで失敗行為には一律「舌を出す」という感情表現を使ってきたが、やはりそれでは足りない。より人間らしくふるまうためには、その感情の度合いに応じた適切な表現が必要だ。今回のような、あまりに手痛い失敗のときには――。

涙を流すという表現に、変えてみよう。

存在しないゼロ

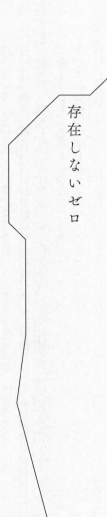

夏の白馬岳《しろうまだけ》は、爽《さわ》やかな青空だった。

抜けるように高い空。白い雲。象牙を削ったかのような丘陵に、淡い草むら――。

青、白、灰色、萌黄色《もえぎいろ》。自然を構成する色が、優しい調和を保って私の視界を満たしていた。街中の人工色に疲れた目には、こういった素朴な配色がしみじみと嬉《うれ》しい。目の保養――いや、滋養といったところか。

そんな私の目に、派手なショッキングピンクが飛び込んできた。

「パパ、見て！」

どぎつい蛍光色のリュックサック。それを背負った小学生の娘が、風にそよぐ草むらの中を私のほうへ駆け寄ってくる。

手には葉っぱを持っていた。ふちがギザギザした、大人の手のひらサイズの葉。その上でくねくねと、得体の知れない何かがしきりに身をよじっている。

娘は私の前まで来ると、それをどこか誇らしげに頭上に掲げた。

「ほら、幼虫！」

確かに幼虫ではあった。

「……何の幼虫だ？」

「わからないけど……でも、何かの昆虫！」

「まあ、何かの昆虫だろうなあ」

私は娘から謎の幼虫を受け取り、近くの岩に座り込む。好奇心を刺激され、じっくり観察を始めた。こんな具合に虫を見るのはいつ以来だろう——昔のおもちゃで遊ぶような懐かしさが、じんわりと私の胸に広がる。

横から妻も、こわごわと覗《のぞ》き込んできた。

「それ、ガの幼虫じゃない？」

えー、と娘は大げさに首を傾ける。

「ガかなあ。チョウじゃない？」

「チョウにしては何か不格好じゃない？」

「じゃあカブトムシ！　ここツノあるし！」

「このツノ、お尻に生えてない？　それに、ガだってツノがあるじゃない」

「え？　ガにツノなんてないよ？」

「あるわよ」

妻は少し考える顔をした。それから頭に両手でウサギの耳のような形を作り、ちょこんと人差し指を伸ばす。

「ほら、こんなふうな、細長い……」

それって触角じゃん、と娘は白けた声を出した。

「……カブトムシの幼虫なら、土の下だよ」

私は念のため釘《くぎ》を刺し、それから携帯端末を取り出した。芋虫の写真を撮《と》り、ネットで画像検索を始める。

そんな私を見て、長丁場になると悟ったらしい。妻と娘はともに同じ岩に腰掛け、リュックを下ろして休憩の準備に入った。妻が水筒を出し、娘が菓子袋を取り出す。娘はそこからさらにスティック状の菓子を出し、それを三つに割って一つを私の膝の上に置いた。

同様に妻の膝にも置く。娘からの配給物を一口食べた妻は、途端に顔を顰《しか》めてうえっと舌を出した。

「これ、何?」

「新製品。結構美味《おい》しいよ」

「……何味?」

えっと、と娘が包装を見返す。

「『甘酸っぱい初恋の、ほろ苦涙』味……?」

「何それ。甘いの苦いの、どっちなの。ママ、これダメ。ちょっと味覚がついていかないかな。今ってこういうのが流行《はや》りなの？」

ええ、面白い味なのに……と、娘は残念そうに呟《つぶや》く。味に美味しさより面白さを求めるのが若い感覚だな、と私は秘《ひそ》かに思った。

やがて娘は私に矛先を変え、獲物を狙う猫のように岩の上をにじり寄ってきた。にっこり笑い、私の膝上の物体を指さす。

「パパも、食べてみて？」

私はしぶしぶ欠片《かけら》を口に運んだ。最初はただのパサついたクッキーという印象だったが、数回咀嚼《そしやく》する間に、確かに得も言われぬ味わいが口中に広がる。

横を向くと、期待のこもった瞳が私を見つめていた。

「どう、パパ？　美味しい？」

私は素で答えた。

「まずいよ」

結局幼虫の正体はわからなかった。その後私たちは初心者向けのトレッキングルートを回り終え、宿泊予定のペンションに向かう。

ペンションは麓《ふもと》の川沿いにあった。高いケヤキの木立に囲まれた、秘密基地のようなペンション。青い屋根にログハウス風の造りが、ややメルヘンチックだ。

「可愛《かわい》い！」

ペンションを見るなり、娘と妻は揃《そろ》って声を上げた。そして娘が駆け出し、妻がカメラ機能付きの携帯端末を取り出す。「菜摘《なつみ》。そこ立って」撮影会が始まる。

「やあどうも。刑事さん」

すると背後から明るい声がした。振り向くと、泥だらけのビニールエプロンをした熊のような大男が、手にカブのようなものをぶら下げて立っていた。

私は帽子を取って会釈する。このペンションのオーナー、田尻《たじり》だ。

「どうも田尻さん。お言葉に甘えて、今度は家族旅行でやって来ました」

「いやあ。嬉しい限りですよ」

田尻は目を細める。

「約束通り来て頂けて。正直心配だったんですよ。ここを気に入って頂けたかどうか。前は大したもてなしもできなかったので……」

白髪交じりの薄い頭を撫《な》で上げ、快活に笑う。私も釣られて笑った。ちなみに私がこのペンションに来たのは二回目だ。前回はこの近隣で起きた事件を捜査するために利用した。そのとき一緒にいた同期の岡田《おかだ》という男は、ここの料理が美味しいという評判をあとで知り、食事を抜いたことを何度も後悔していた。

「あの……ところで、刑事さん」

「はい？」

「あのときの事件は、無事解決されたんでしょうか？」

「ああ、はい。そちらのほうは、なんとか」

「そうですか。ならよかった」

田尻が柔和な表情を見せる。前回も思ったが、ひどく強面《こわもて》の割には人の好《よ》いオーナーだ。その人柄もこの宿の魅力なのだろう。

「それって、カブですか？」

そこで脇から声が聞こえた。いつの間にか娘が戻り、私の横に立っていた。田尻はおや、という顔をする。

「娘さんですか？」

「はい。娘の菜摘と――妻の可南子《かなこ》です」

「菜摘です」「可南子です」

娘と妻が、同時に頭を下げる。良《い》い名前ですね、と田尻は人好きのする笑顔を見せると、娘の前に大柄の体を屈《かが》めた。

「そう。カブだよ。裏の畑で穫《と》れたんだ。菜摘ちゃんは好きかな、カブ？」

「はい。あっ、いいえ……普通です」

「ハハ。正直でいいな。でもね菜摘ちゃん、おじさんのペンションを出るころには、きっと菜摘ちゃんはカブが好きになってるよ。おじさんは魔法のレシピを知っていてね……。ところで菜摘ちゃんは、何か食べられないものってあるかい？」

「ないです！」

元気よく娘が答える。私たちは笑った。何でも食べられる好き嫌いのない娘が相手では、魔法も掛け甲斐《がい》がない。

妻と娘の笑顔を見ながら、私はほっと胸を撫で下ろす。よかった。やはりここを宿泊先に選んで。この気さくで冗談好きなペンションのオーナーのおかげで、今日は楽しい一晩となるだろう。

＊

涼しい夏の夜だった。

標高が高いせいだろう。湿度は感じられず、網戸からはクーラーのように冷たい風が流れ込む。ロッジ風のリビングは天井が高く、開放感があった。私はロッキングチェアに揺られながら、頭上でゆっくりと回る木製のシーリングファンをぼんやり眺めていた。緩慢な円運動が、山歩きに疲れた私の眠気を誘う。

妻と娘はソファに座り、仲良く絵本を読んでいた。この角度から見ると、顔の作りがよく似ている。アルバム写真の昔と今を並べているかのようだ。

田尻が、ウイスキーの瓶を手にやってきた。

「一杯、どうです？」

「いただきます」

田尻はにやりと笑うと、瓶を無垢材《むくざい》のローテーブルの上に置き、いったんキッチンに姿を消した。そして大きな盆を手に戻ってくる。

一度妻たちのほうに寄り道し、ソファの前のテーブルにフルーツや菓子の載った皿などを置いた。それからこちらに来る。私の対面に腰掛け、氷を入れたステンレスの容器を手前に置いた。

トング片手に、「ロックで？」と訊《き》いてくる。私が頷《うなず》くと、田尻はどこか嬉しそうに酒を作り始めた。世話好きなのだろう。奥さんに早逝されたそうなので、その寂しさもあるのかもしれない。

それにしても――と、私はグラスを受け取りつつ、ついリビングを見渡してしまう。

ちょっとしたパーティでも開けそうな広いリビングだが、客は私たち家族だけだった。夏の行楽シーズンにこの閑古鳥は痛手だろう。ペンションを貸切にできるのはありがたいが……経営は大丈夫なのか。

私の要らぬ心配に気付いたのか、田尻は自分の分のハイボールを作りながら微笑《ほほえ》んだ。

「今はね、もう、一日一組だけ、って決めてるんですよ」

ぐるりとマドラーを回す。

「私もこの歳《とし》でしょう。一度に何組もお客さんを相手にするのが、そろそろしんどくなりましてね。畑仕事もだんだん億劫《おっくう》になって、裏の畑はもう昔の半分くらいです。ビニールハウスは一つ、潰してしまいましたし」

ハハハ、と湿りっ気のない声で笑う。そういうことか、と私は納得した。だったら畑くらいやめても、とも思うが、なにせここは「自然素材の手作り料理」が売りのペンションだ。たぶんそこは外せない。

「そうだ、パパ。訊いてみたら？」

唐突に娘が絵本から顔を上げ、言った。目的語がないので私には何のことかわからない。首を傾《かし》げていると、妻が両手を頭上に挙げ、例のウサギ耳のような形を作った。そこで「ああ」と思い当たる。

私は携帯端末を取り出し、昼間撮った写真を田尻に見せた。

「これ、山で見つけた幼虫なんですが……何の幼虫か、わかりますか？」

田尻はハイボールを啜《すす》りつつ、じっと画面を見つめる。

「ああ。クワゴですよ、こいつ」

「クワゴ？」

「カイコの原種。こいつを品種改良して家畜化したのが、カイコです」

「カイコってことは……つまり、ガの幼虫ですか？」

「ガの幼虫ですね」

顔を上げると、案の定、妻が娘に向かって「ほらね」と胸を張っていた。小学生の娘と同レベルで張り合えるところが微笑ましいというか、何というか。

田尻が私に端末を返しつつ、言った。

「趣味、ですか？」

「え？」

「昆虫。虫、調べるの」

「ああ、はい……。別に飼いはしませんが」

「高杉《たかすぎ》さんは、あまり刑事さんという感じがしませんよね。学者っぽいというか……」

薄目で私を見る。ちなみに高杉というのが私の姓である。

「ああ。でもそういや昆虫も、事件の捜査に役立つんでしたっけ。何でしたっけ。何とか昆虫学……」

「法医昆虫学？」

「そうそれ。もしかして高杉さん、そっち方面の方ですか？」

「いえ、違います。普通に頭より足を使う職場ですよ。生活安全部です」

ほう、生活安全部ですか……と田尻は若干赤らみ始めた顔で相槌《あいづち》を打った。

ただ、こちらの業務内容をきちんと理解しているかは怪しい。部署の名前的に、交通パトロールのようなのんびりとした職場を想像されたかもしれない。

確かにそういう面もあるが、一口に生活安全部と言っても様々だ。各県警の組織体制にもよるが、たとえばうちの長野県警であれば、少年犯罪を扱う少年課や、振り込め詐欺防止に努める生活安全企画課、風営法や医師法違反などを取り締まる生活環境課などがある。

「パパ、ママに怒られて虫飼うのやめたの」

娘がまた会話に石を投げ込んできた。ばつの悪い苦笑を浮かべる私に、へぇ、と田尻が悪戯《いたずら》っぽい目を向ける。

「高杉さん宅は奥さん上位ですか」

「いや、まあ……面目ない」

「パパ、虫捨てるとき、すごく泣きそうだった。ママってひどいよね。オニヨメだよね」

「ええ～。そもそも虫捨てるのに、泣きそうになる男の人ってどうなのよ。第一どうして菜摘は平気なの？　ママ、そっちの感覚のほうが信じられない」

私が飼っていた昆虫のことを思い出したのか、妻がうっと気持ち悪そうに口を押さえた。まあまあ、と田尻が立ち上がり、果物ジュースの瓶を持って妻たちのご機嫌を伺う。

「あまりそう、虫を嫌わないでやってください。畑をやってる身としてはね、大事なんですよ、虫。野菜作りができるのも、連中のおかげなんです。虫で野菜も育つんです」

「そうだぞ、可南子。虫は偉いんだ。虫がいなきゃ実をつけない作物だっていっぱいあるし、それに――」

そこでふと、私は言葉を止めた。急にまったく違うことを思い出したのだ。このペンションに来ているせいだろう。先日の事件のことがまざまざと脳裏によみがえる。

「……高杉さん？」

田尻の声に、はっと我に返る。

「ああ、すみません」

「どうかしました？」

「いえ。ふと、この前の事件のことを思い出しまして。思えばあれも、虫のおかげで解決したんだなあ、と……」

「事件？　事件ってあれですか？　例の雪崩《なだれ》のときの？」

「はい」

「えっ！　パパ、それってどんな事件？」

娘が目を輝かせて顔を上げた。その食いつきのよさについ苦笑する。この好奇心旺盛さは私譲りか、母親譲りか――。

「うーん……。菜摘には、まだちょっと刺激が強すぎるんじゃないかな」

「大丈夫。菜摘、怖くなったら途中で部屋出てくから」

「そっちのほうが怖くならない？」

妻の指摘に、娘は大丈夫、と親指を立てる。私はそんな二人を眺めつつ少々悩んだ。はたしてこの内容は、子供に話してよいものだろうか？

事件というからには、当然血腥《ちなまぐさ》い話も出てくる。映画なら若干映倫の審査に引っかかるかもしれない。しかし……と、私は最終的には思い直した。この事件はただ猟奇的というだけではない。この話にはおそらく、娘たち世代が考えねばならない重要な教訓もある。

ならば語るのはむしろ親の務めだろう。そう考えて、私は心を決めた。田尻の差し出すウイスキーを礼を言って受け取り、一口舐《な》めて舌の滑りをよくする。

「よし。なら話そう。あのな、菜摘。この事件が起きたのは、今年の冬から春にかけてのことだ――」

＊

——その事件は、ある山間《やまあい》の豪雪地帯で起こった。

場所はこの白馬岳付近の、とある限界集落。菜摘はわかるかな、限界集落……若い人が少なくなって、下手すると無くなりそうな村のことだ。

今年はまれに見る大雪でね。しかも雪崩まで起きて、その集落に続く道路がふさがってしまった。それでその集落にいた人たちは完全に孤立してしまったんだ。

もちろんその人たちは、すぐに自衛隊などが助けた。けれどその一か月後、雪が解けて道路の修復が終わると、その救助活動に一つ、重大な手落ちがあったことが発覚したんだ。

集落のさらに奥に……まだ一軒だけ、取り残された家族があったんだよ。

家族は四、五年前に、都会から越してきた移住者だった。村人との交流はあまりなく、また手続き上のミスでその情報もレスキュー側に伝わっていなかった。それで救助対象から外れてしまっていたんだ。

その家族を発見したのは、村人の一人。山菜採りにこの家の前を通ったところ、家の中から衰弱した様子の女性が出てきて、助けを求められたらしい。

ただ問題は、発見されたときの状況だった。

村人の証言によれば、そのとき見つかったのは旦那さん、奥さん、娘さんの三人。

ただ、その中で生きていたのは、奥さんと娘さんの二人だけ。

旦那さんのほうは——残念ながら、遺体で発見されたんだ。

＊

妻が眉をひそめる。しかし娘は大した反応もなく山ブドウのジュースを飲んでいた。

「それで、パパ？」

話の先を急《せ》かしてきた。

ずいぶんあっさりしている。人並みの感受性が足りていないのではなかろうか。我が子ながらやや心配になる。

「菜摘は不思議に思わないか？　その家族のうち、どうしてお父さんだけ死んじゃったのか」

「うーん……寒いから？　寒くて死んじゃったとか？」

「確かに電気はストップしていた。だけど暖炉はあったし、プロパンガスや薪《まき》も普通に使えた。家の中は充分暖かかった」

「あ、わかった。病気」

「いや。とっても健康」

「ううう……あ、そうか！　わかったよパパ。あのね、食べ物。食べ物がなくなっちゃったから、お父さんが自分の分をみんなにあげちゃったの。それで自分だけ食べるものがなくて、死んじゃった」

自分で言って、どこか寂しい気持ちになったのだろう。娘はそこで言葉を止めると、急にコテンと横になって甘えるように妻の膝に頭を乗せる。

そんな娘の頭を、妻は母親の顔で撫でた。

「もしそうなら、とても健気《けなげ》なお父さんね」

私は遠い目をしてウイスキーを啜った。

「ああ。そんな優しい話で終わるなら、まだ救われたんだが――」

＊

それでね、菜摘。実はパパがその家族のことを知ったのは、もう少しあとのことだ。

パパが警察署で仕事してるとき、同期の岡田ってやつから相談があってね。そう岡田、菜摘も会ったことあるっけ。そうそう、そのパンダみたいな――その岡田がね、この事件のことをパパに伝えて、それから言ったんだ。

『高杉。ちょっと捜査に協力してくれないか。この事件、何か奇妙な臭いがする』

パパは何よりまず、岡田がその事件に関わっていることに驚いたよ。何しろこの岡田ってやつは、刑事部捜査一課の刑事だったからね。

わかるかな、菜摘？　捜査一課。ここの人たちはパパの部署と違ってね……彼らは主に、殺人事件を扱うんだよ。

＊

「えっ」

今度は期待通りの反応が返った。

「じゃあパパ。そこのおうちのお父さんって、殺されちゃったの？」

私は曖昧に笑った。

「だからそれを、岡田たちは調べてたんだ」

「でも、そこのおうちの人たちは、ずっと雪の中に閉じ込められてたんでしょう？　だったら『ようぎしゃ』はその家の人だけだよね？　あ、なら菜摘、もう犯人誰かわかった！　その女の子か、お母さんのどっちか！」

ずいぶんと詰めの甘い推理である。

「容疑者、なんてよく知ってるね」

田尻が感心したように言う。妻が恐縮するように肩をすくめた。

「たぶんアニメの影響です。この子、小学生くらいの探偵が出てくるアニメが好きで」

「ねえパパ、その人って、どうやって殺されてたの？　ナイフ？　ロープ？　あ、崖から突き落とされたとか――」

「こら、菜摘」

　妻が腕を組み、気難しい顔で娘をたしなめた。

「家の中に崖はないでしょ」

　たしなめる点が私の思うところと違った。よくよく考えてみれば、妻も刑事ドラマやミステリー小説のファンだった。出会った当初、私が捜査一課の刑事でないと知って、若干がっかり顔をされたことを覚えている。血は争えないということか。

「……だから、まだ殺されたとは言ってないだろう。話を続けると、それでパパは岡田に協力することにして、現場の写真を見せてもらった。実況見分書も検死報告書も読んだ。

　遺体は納屋で発見されたんだが、その体には、今菜摘が言ったような明らかに殺人と決めつけられるような痕跡はなかった。ナイフの刺し傷も、ロープでの絞殺のあとも、頭部に鈍器で殴られたようなあともない」

「死因は何だったの？」

　と、斬り込むような口調の妻。まるで自分が相棒の捜査官のような口ぶりだ。

「死因か？　死因は失血死だ」

「失血死？」

ああ、と私は頷く。

「その遺体にはね——肩から先の右腕が、なかったんだ」

＊

岡田の言うことには、その奥さんは「夫は農業機械に巻き込まれて腕を失った」と証言したらしい。

実際それは考えられる状況だった。というのも、その一家は山奥の土地を自力で切り開き、自給自足の生活をしていたからだ。

なのでそこには、様々な農業機械があった。トラクター、脱穀機、電動ポンプ、草刈り機……そんな機械のリストを眺めながら、私は岡田に訊《たず》ねたよ。

『腕を巻き込まれたというと、脱穀機か？』

『いや。トラクターだ。納屋にあったトラクターを動かそうとして、土を耕すロータリーに腕を巻き込まれたらしい』

『なぜ、トラクターを動かそうなどと？』

『雪かきをして、それで脱出するつもりだったそうだ』

――つまりこういうことだ。雪に閉じ込められ、いつまでたっても救助が来ないことに業《ごう》を煮やした旦那さんは、トラクターで雪かきして脱出することを思いついた。しかし納屋でその準備をしている最中に、トラクターが誤作動。腕をロータリーの刃に巻き込まれてしまう。そして右腕を失った旦那さんは、そのままその場で大量出血で死亡。残された奥さんと娘さんは、ただ呆然《ぼうぜん》と救助を待った――というのが、最初に奥さんが現場の警察官にした説明だった。

＊

「……ふうん。話の辻褄《つじつま》はあってるわね？」

妻が鼻の下に指を当て、物知り顔で何やらわかったふうな口を利く。

「ああ。話の辻褄だけはね」

そんな妻の隣で、娘も真似《まね》して考える格好をした。その様子に、私はふと最近動物番組で見た、親の狩りの真似をして川に入る子熊のことを思い出す。

「だから現着の警官たちも、最初はただの事故死だと思ったそうだ。が、そのあとに鑑識が来て調査を開始すると、状況は一変した。その奥さんの証言と決定的に合わない事実が、判明したんだ」

「どんな事実？」

「現場の納屋からは、失血死するほどの大量の血痕は認められなかった」

＊

奥さんの話が本当なら、納屋の中には致死量相当の血液が流れていなければならない。けれど鑑識は、トラクター周辺から若干量の血痕を検出しただけだった。これは奥さんの証言と完全に食い違う。そこで急遽《きゅうきょ》、事件性の疑いありとして、岡田たち捜査一課の出番となったわけだ。

そして岡田たちが本格的に調べ始めると、次から次へと不審な物証が湧いて出た。

骨の切断面が、ロータリーの刃による切り口と一致しなかったこと。

農具の鉈《なた》や台所の包丁から、遺体の血液成分が検出されたこと。

トラクターのハンドルから、奥さんの真新しい指紋が採取されたこと。

暖炉の中から、何かを包んだと思《おぼ》しきシーツの燃えさしが発見されたこと。

ダメ押しは、廊下や風呂場からも、ルミノール反応——血の痕跡が検出されたことだ。

ここまでくると岡田たちは、もう次のような仮説を疑っていなかった。つまり、この孤立した家の中に閉じ込められている間に、何らかのトラブルが起き、奥さんが旦那を包丁で切りつけた。それで運悪く手首の動脈あたりが切れ、旦那は失血死。奥さんはその事実を隠蔽《いんぺい》しようと、旦那の遺体をシーツで包んで納屋に運び、腕をトラクターのロータリーの刃に噛《か》ませて巻き込み事故を装おうとした。

ただ腕がうまく切れなかったので、最終的には鉈で切断。そして血の付いた鉈や体などを風呂場で洗った——。

岡田たちはそう見当をつけると、改めて奥さんに対し取り調べを行った。岡田たちが黙って物証の写真を並べると、奥さんは声もなく泣き崩れたそうだよ。そして、大して抵抗もなく、岡田たちの仮説を認めた——。

ただし、半分だけ。

＊

「……半分？」

妻がナッツの皿からアーモンドを選《え》り分けながら、裏返った声を出す。

「半分って、何が半分？」

「奥さんは、遺体を納屋に運び、巻き込み事故を装ったことは認めた。ただ、夫殺しについては否認したんだ」

「ええ、しぶとい。じゃあ、いったいどうしてその旦那さんは死んだっていうのよ？」

「奥さんが言うには、旦那は自殺をしたそうだ。風呂場で手首を切って」

「ええ。そんなの絶対言い訳でしょう――ああ、そうか。だから腕をトラクターでミンチにしたのか。手首の傷が、自殺でついたものじゃない、ってばれないように」

私はミンチという言葉に、今日のペンションの夕食に出たハンバーグをつい思い出した。やはり夕食後にこの話題は避けるべきだったかもしれない。

「そういえば今日の晩ご飯のハンバーグ、美味しかったね、パパ」

娘がご丁寧にもダメ押ししてくれた。なんて親子だ。

「……まあ、そう思うのが普通だよな」

私は気を取り直して話を続けた。

「岡田たちも当然そう考えた。そもそも旦那が自殺した理由がわからないしな。ただ、奥さんの主張を否定できる物証もまだ見つかってはいない。だから岡田たちは長丁場を覚悟しながら、捜査を続けた――。

が、その件は思ったより早く片が付いた」

「奥さんが自白した？」

「いや」

私は首を振る。

「旦那の遺書が見つかったんだ」

＊

遺書は、二階にある旦那の書斎から見つかった。

本棚の間に挟むように置いてあったんで、奥さんも気が付かなかったんだな。たぶん遺品整理の折にでも発見されるようにしてあったんだろう。

そこには、この雪で出られないという危機的状況の中、身勝手に死んでいく自分を赦《ゆる》してほしい、といった記述があった。そして遺書の末尾はこういう文章で締められていた——『僕は自分と娘を、今後も愛し続ける自信はない』。

岡田がその遺書を奥さんに見せると、彼女はまた激しく号泣したそうだ。そしてとう、その口から真相を語り始めた。

それによると、どうやら昔、彼女は浮気をしていたようだね。それでそのことがよりにもよってこの災難中、旦那にばれてしまった。しかし旦那は特に妻を責めることもなく、代わりにひっそりと、風呂場で手首を切って自殺した——という話らしいんだ。

＊

「え？　何それ？」

と妻が驚く声を上げた。

「本当に自殺してたの？　しかも奥さんの浮気が原因で？　なんて繊細な旦那さん……。でもなにもよりによって、こんなタイミングで死ななくても。少し無責任じゃない？」

私は肩をすくめた。

「まあ考え方は人それぞれだ。それに夫婦間の問題はそれだけじゃなかったかもしれない。自殺の動機はさておき、遺書の発見で供述の裏付けは一応とれた。それで岡田たちは、その筋で調書をまとめようとしたんだが……」

ふと一息つく。妻が気短げに先を急かした。

「何よ。まだ何かあるの？」

「ああ。やはりまだ状況には、一つ引っかかる点が」

私はちらりと娘を見た。ここにきて、この話を持ち出してしまったことに若干の後悔を感じる。

「そのあとに検死官から上がってきた報告書ではね——切断された遺体の腕は、表面が氷焼けしてたんだ」

＊

——氷焼け？　と私も岡田に訊き返したよ。

『氷焼けってあの、魚とかにできる？』

『ああ。魚を氷漬けにすると、氷の当たった部分が白く変色したりする。その氷焼けだ』

『ってことは——腕は氷漬けにされていたってことか？』

『そうだ。納屋にあった腕はロータリーで細切れにされていたから、見た目ではわからなかった』

『でも、冷蔵庫の電気は止まってたんだろう。氷なんてどうやって——ああ、そうか。雪か』

『そうだよ、雪だよ。腕はどうやら、最近まで外の残り雪の中に埋められていたらしい。しかし家族が救出されたときは、もう雪は解けてなくなっていたからな。そこも盲点になった』

『なぜ……そんなことを？』

『それは……』

＊

「――待って、あなた」

勘が働いたのだろう。そこで妻が、急に青い顔で口を挟んだ。

「これって、そういう話？　つまり、肉を冷凍保存して――」

私は頷いた。妻は顔を顰める。それから娘に向かい、「菜摘。そろそろ部屋に戻りましょう。怖い話になりそうだから」と無理やり連れ出そうとした。

しかし娘はその手を振りほどき、

「その子とお母さん、お父さんの体を食べちゃったの？」

と無邪気に訊いてくる。これには私も苦笑いするしかなかった。

「ああ……実に嫌な話だけどね。岡田たちも最初は半信半疑だったが、氷焼けについて言及すると、奥さんはついに白状したそうだ。自分たちが遺体を口にした、とね」

「えっ。本当に食べちゃってたんだ？」

自分で答えを言っておきながら、娘が驚き顔で言う。このあたりがやはり小学生か。

「そう。本当に食べちゃってたんだ。事実は次の通りだ。まず、風呂場で自殺した夫の右腕を、妻が鉈で切断。体はシーツに包んで納屋に運び、腕は食用に外の雪の中に保存する。そして雪が解けて救助が来る直前、残った腕を納屋に戻し、トラクター事故の形に偽装する――。

思いもよらない告白に、岡田たちもさすがに動揺した。が、ともかくこれで事実関係ははっきりした。これにて事件は解決……と思いきや、そこで岡田たちは、再び大きく頭を抱える羽目になる」

私はゆっくりとウイスキーを啜る。

「はたしてこれは――犯罪なのかと」

リビングが静まり返る。妻は私の話がよほど不快だったのか、私から顔を背けるようにして一心に娘の髪を編んでいた。ジリリリと、網戸を通して騒がしい虫の声が聞こえる。

「……ねえパパ。人の体って、食べると犯罪になるの？」

「犯罪でしょ。そんなの」

つっけんどんに妻が答えるが、私は首を横に振った。

「いや。殺して食べればもちろん殺人罪だが、すでに死んでいる人の肉を食べること自体は犯罪にならない。刑法に規定がないからね。

問われるとすれば、肉を食べたことより、遺体を傷つけたことによる死体損壊罪。しかしその場合も、やむを得ない事情が認められれば、刑法三十七条の緊急避難が認められる。罪にはならないってことだ」

「『やむを得ない事情』って？」

「それ以外にどうしようもない、ってこと。たとえば食べるものがなくなって、その遺体しか口にできるものがなかった、とか」

娘は幼顔に皺《しわ》を寄せ、難しい顔をした。

「最悪の状況だね」

プッと、田尻と妻が同時に吹き出すのが聞こえた。やや不謹慎だが、今の言い方とタイミングであれば致し方ない。

妻が娘の髪を編む手を止め、こちらを見た。

「でも……その奥さんと娘さん、一か月も雪の中に閉じ込められてたんでしょう？　だったらその三十なんたらも認められるんじゃないの？　だってお腹《なか》すいちゃうじゃない。その間、何も食べなかったら」

私は再度首を横に振る。

「言っただろう。あの一家は自給自足をしていたって。つまりあの家には、まだ――」

ウイスキーをまた一口。

「充分な食料があったんだよ」

＊

一家にはまだ、備蓄した食料が残っていた。

その大部分は冬の間に食べ尽くしたらしいが、まだ非常食用のコメがまるまる一袋分、そこに残っていたんだ。これには岡田たちも混乱した。食べるものがあったのに、どうしてわざわざ遺体の肉を口にしたのか――。

私は岡田から事件の概要を聞き終えると、疑問をいくつかぶつけた。

『遺体を食べたことについて、奥さんは何と？』

『それしか食べるものがなかった、の一点張りだ。非常食のコメは気付かなかったと言っているが、それは嘘《うそ》だろう。食料庫の棚のよく見える位置に、ぽんと無造作に置いてあったのだから』

『その非常食のコメは、本当に食べられるものだったのか？』

『ああ。普通に市販されている品種のコメだ。脱穀も一部精米もしてある。そもそも自給自足のために栽培してたんだ。食用にならないものを作るわけがない』

『なら農薬が掛かってしまった――とか？』

『一家は無農薬の有機農法を行っていた。農薬自体があの家になかった。その他の毒物や有害物質も、もちろん検出されてはいない』

岡田の話によると、一家は筋金入りの自然主義者《ナチュラリスト》だったという。

山奥で自給自足の生活を始めたのも、自然で安全なものを食べたい、という思いからだったそうだ。ちなみにその関係で、夫婦は自然保護団体の人間とも付き合いがあった。ただ夫婦自身はその団体には所属しておらず、その団体自体も特に過激思想などを持っているわけではない。

奥さんはとてもそんな猟奇的な性格には見えなかった、と岡田は言う。

しかし正直言って私は、そのときこの話に犯罪臭しか感じていなかった。

普通のコメには手をつけず、遺体に真っ先に手を出す——？

そんな行為を正当化する理由が、はたしてこの科学の進んだ現代に存在するだろうか？

仮に栄養的理由……たとえばビタミン不足などを補うために肉を摂取したのだとしても、玄米はビタミン・ミネラルなどの栄養素を豊富に含む食品だ。そもそもコメには手をつけていないこと自体、不自然極まりない。

そして何より、その奥さんが見え透いた嘘をついてまで事情を隠しているのが怪しかった。後ろめたいことがないならきちんと理由を説明できるはずだ。

ただ……その遺体のほかにも、もう一つ、岡田たちを困惑させていたものがあったんだ。

それは、旦那の残した走り書きの記述だ。旦那の遺書には、紙の余白に感情に任せて殴り書きしたように、こう記してあった――。

『ゼロ×ゼロは、一にはならない』

＊

私がその一文を口にした途端、聴衆三名は揃って奇妙な顔をした。

「ゼロには何掛けてもゼロだよね、ママ？」

娘が妻を見上げて訊く。妻は少し自信なげに頷いた。「たぶん」

「いや、高杉さん。私は数学嫌いなほうですが、それでも今の文章って、とっても当たり前のような話に聞こえるんですが……」

戸惑う田尻に向かい、私は「その通りです」と頷いてみせる。ゼロ×ゼロは一にはならない――それはあまりに当たり前の話だ。書き手がよっぽどの数学者でもない限り、その計算式にそれ以上の意味などない。

だが……その当たり前が、いかに当たり前でない事実から成り立っているか。

私はそのことを、これからの社会を生きる娘に教えておかなければならない。

＊

——そのあと私は、岡田とともに実際の現場に向かった。

そこに何かヒントがないかと考えたからだ。その家は本当に山奥にあった。林業作業員も滅多に踏み込まないような、深い雑木林の中。家の外観はログハウス風の洒落《しやれ》た造りだったが、そのとき庭の雑草は伸び放題で、周囲にはチョウやアブが我が物顔で飛び回っていた。いかにも空き家といった感じだ。

現場はもう岡田たちが散々調べ尽くしたあとだったが、私は私なりのやり方でもう一度、家の中を再チェックしてみた。たとえば家具や衣服の選び方、きちんと掃除をしているかなどだ。家庭内に問題がある家は、こういった生活面にその影響が滲《にじ》み出るものだが……しかし特にこれといったものは見当たらない。

『確か娘は中学生だったな。学校には通っていたのか？』

『いや。子供は不登校児だったらしい。自宅学習させていたそうだ』

『不登校？　何か理由が？』

『子供には若干学習遅れの傾向があったそうだ。ただ、それも教師や児童相談所の担当者と相談した上での話だし、むしろ子供から言い出したことだったらしい』

温かな木の色合いで統一された家は、優しく落ち着いた家庭を想像させた。調度品のセンスから見ても、夫婦は朴訥《ぼくとつ》な性格の持ち主だったに違いない。

やはり犯罪というのは思い過ごしか——そんな考えを抱《いだ》きながら、私は最後、非常食が置いてあったという食料庫に向かった。

食料庫は台所の奥にあった。畳二畳分ほどのスペースに、三段の木棚が据えつけてある。空気はすえた臭いがした。現場調査後はずっと閉め切られていたらしい。

非常食のコメはすでに鑑識に持ち出され、棚はすっかり空っぽだった。きっとここでも何も見つからないだろう。そんな後ろ向きの予感を抱きながら、私はあまり期待せずに調査を開始した。するとそんな私の目に——。

小さな羽虫の群れが、映った。

体長一センチ未満の、極小のガの群れ。それが床の一部に湧いていた。私が何気なくそちらに近寄ると、その接近に驚いたようにガの群れがわっと舞い上がる。

メイガだ。

そこで私ははっとした。メイガは——。

コメに湧く虫だ。

正確にはノシメマダラメイガという名称で、湧くのはその幼虫だが、この閉めきられた室内でメイガが大量発生しているからには、どこかにその幼虫たちの温床があるはず。しかし非常食のコメは、すでに鑑識が持ち去ったあと。と、いうことは――。

私はすかさず群れのいた場所に駆け寄り、その床板を探った。思った通り、メイガは床板の隙間から湧いて出ていた。私は岡田を呼び、納屋にあったバールを持ち出して板を外した。そしてそこに発見したのだ。

床下にあった、小さな米びつを。

そのひび割れた素焼きの入れ物を見た瞬間、私に電撃のような直感が走った。私はすぐさまそれを取り出し、手袋をした手で中のコメを掴《つか》み上げると、半ば興奮気味に叫んだ。

『岡田！　このコメを、至急ＤＮＡ検査に回してくれ！』

＊

「……ＤＮＡ検査？　なんでそんな検査を？」

妻が怪訝《けげん》そうな顔で口を挟んだ。私が答えるより先に、田尻が正解を言う。

「ははあ……そのコメはもしかして、遺伝子組み換え作物《GM》ですか」

私は頷く。さすがは自分で野菜作りをしているだけある。

「はい、その通りです。私はそのコメが、遺伝子組み換えされたコメではないかと疑いました。それで検査に回したんです」

しかしその答えに、妻はまたさらに深く首を傾げた。

「その非常食のコメが遺伝子組み換えされてたから、奥さんたちは食べられなかったってこと？　生粋《きっすい》の自然主義者だから？」

「いや。先に見つかった非常食のコメは、純粋に自然交配で作られた、組み換えではない種類のものだったよ」

「えっ？　じゃあその米びつのおコメは？」

「あれは種もみ用だった」

「種もみ用？　……ならやっぱり、非常食のコメも遺伝子組み換えされた作物、ってことでいいんじゃないの？　だってその種もみを播《ま》いて作ったんでしょう？」

「そうじゃない。田んぼから収穫された非常食のコメは、その種もみを播いたコメじゃなかったんだ。非常食のコメには、普通のコメの苗が使われていた」

「普通のコメの苗が使われていた？　わざわざ種もみとは別のコメを、田んぼで作って育ててたってこと？　――意味がわからないけど、でもそれなら結局、収穫した非常食のコメは普通に食べられるものだった、ってことでしょう？　なら別に、見つかった種もみが遺伝子操作されてようがなかろうが、関係なくない？」

私は静かに微笑んだ。

「いや。すべての解釈は逆だった。それが普通のコメだったからこそ、彼女たちは――いや、彼女は食べられなかったんだ」

＊

――その一週間後、私たちは署の取調室に、当の奥さんを呼んだ。

ただし呼んだのは岡田たち捜査一課ではなく、私の部署のほうだ。担当が私に替わったことで、奥さんもこちらが真相を摑んだと察したようだね。やってきた彼女はどこか割り切った表情をしていたよ。

取り調べのスチール机を挟んで彼女と向き合うと、私は無言で報告書の一ページを相手に見えるよう押しやった。彼女はそれをちらりと一瞥《いちべつ》したあと、予《あらかじ》め答えを用意していたように言った。

『はい。あれは……低アレルゲン米です』

そう。床下に隠されていたコメは、コ、メ、ア、レ、ル、ギ、ーとなる原因物質を排除した、低アレルゲン米だったんだ。

低アレルゲン米は化学処理でも作れるらしいが、こちらはそうではなく、遺伝子組み換えで原因物質そのものを生産しないよう元から作り替えてしまったものだった。だから普通に種もみとしても使えたのだ。

『ではなぜ、低アレルゲン米があそこにあったのですか？』

『……うちに、コメアレルギーの者がいたからです』

『そのアレルギー持ちの方とは、誰ですか？』

『私の……娘です』

そこで私は立ち会いの岡田と目を合わせた。やはりか。これでほぼ事情は判明したが、捜査に万全を期すため、残りの事実関係も確かめねばならない。

『そのことを、あなたの夫は知ってましたか？』

『いいえ。知りませんでした』

『なぜ、教えなかったのです？』

『………』

長い沈黙。

『……その子が、あなたと浮気相手の子だったから、ですね？』

私が助け舟を出すと、彼女はううっと声を詰まらせて俯《うつむ》いた。

つまりこういうことだ。彼女たち夫婦は完全な健康体で、もちろんアレルギーなどとは無縁な体。しかしその二人から生まれた子がアレルギー体質だとわかったら、そのことを夫はどう思うだろうか。

ゼロ×ゼロは、一にはならない。ましてや夫婦は理想の健康生活を求めてわざわざ山奥まで移住してきた、生粋の自然主義者だ。そんな二人の子供にアレルギーが発症したら、夫は威信をかけて遺伝子検査を受けさせようとするだろう。そうすれば浮気の事実は即発覚する。

だから、隠した。

『ですが――低アレルゲン米などを使ってたら、すぐに旦那さんに勘付かれてしまうのではありませんか？』

『はい。ですので、低アレルゲン米を使っていることは夫には内緒でした。苗床の種を、毎年……こっそり、低アレルゲン米にすり替えてたんです。ですが、昨年は……』

『入れ替えに、失敗したんですね？』

『……はい。一部ですが、夫が別の場所で作っていた苗床を、私が見落としてしまったみたいで……。それでそこだけが、普通のコメになって……。それが、非常食に……』

そして雪崩で閉じ込められて非常食に手をつけたとき、娘がアレルギー発作を起こした。それですべては明るみに出た――というわけだ。

その事実を知った旦那は、怒ることさえしなかったらしい。ただ黙って席を立ち、黙って書斎にこもり――そして黙って、風呂場で手首を切った。

ゼロ×ゼロは、一にはならない――。

私は奥さんの押し殺した嗚咽《おえつ》の声を聞きながら、その遺書の文句をしみじみ噛みしめたよ。あれは単純に、アレルギー体質の遺伝の話だけじゃない。いったんゼロになった愛情は、何を掛け直しても元には戻らない――そんな思いも、込められてたんじゃないかな。

＊

ペンション内に、穏やかな静寂が訪れた。

いや――静寂と呼ぶにはやや語弊がある。私たちの沈黙にとって代わったのは、今宵《こよい》が最後とばかりに夏の夜を謳歌《おうか》する、ジージーと騒々しい虫の声だった。

「……でも、種もみ用のコメが残っていたなら、娘さんはそれを食べればよかったんじゃないの？」妻が訊く。

「あのコメには虫が湧いていた。コメは虫が湧いても食べられないことはないが、ダニやガなど種類によってはアレルギー反応を起こす場合もある。それで奥さんは娘の体質を考え、断念したようだ」

アレルギー発作を起こした直後の娘を、冒険させる気にはなれなかっただろう。飢えに苦しむ我が子を前に、禁忌の肉を与えるという決断を下さなければならなかった母親の苦悩はいかほどばかりか――その気持ちを考えると、とても言葉にならない。

娘を見ると、彼女は絵本を抱えてじっと宙を見つめていた。

日常ではあまり見ない、娘の物思いにふける顔だった。私はグラス片手に立ち上がり、妻と挟むようにして娘の隣に腰掛ける。幼い肩に手を掛けると、娘は倒れるように私に寄りかかってきた。今にも折れそうな華奢《きやしゃ》な感触がこの手に伝わる。

「ねえ、パパ」

焦点の定まらない目で、娘が呟いた。

「でも、アレルギーがあったってことは、その子……」

「普通の人間――だったの？」

私は頷き、娘の健康そうな黒髪を撫でた。

「ああ。その子は私たち遺伝子改良人間《トランスジェニック》とは違う。何の遺伝子操作も受けていない、まっさらな原種……俗に言う『普通の人間』だ」

妻が「えっ」と素《す》っ頓狂《とんきょう》な声を上げた。

「この地球上に、まだ原種の人間なんていたの？」

「私も驚いたが、アメリカやアフリカ大陸などに、ごく少数ながらそういう秘密のコミュニティが存在するらしい。奥さんの浮気相手はそこ出身のアジア人だったそうだ。自然保護団体の人間を通じて知り合ったようだね。ただ奥さんはトランスジェニックだったから、その子は完全な原種ではなくハーフになるが」

「なるほど。どうりで何か変だと思った。だって仮に奥さんが浮気しても、トランスジェニック同士の子供なら絶対にアレルギーなんて出るはずないもの。何だっけ。カ、カ——」

「過剰免疫反応の抑制因子」

「そうそれ。そういうなんちゃら遺伝子が、現代人には組み込まれているはずでしょう？　あ。でも待って——」

妻が額に手を当てる。

「何。ってことは、その奥さん、受精卵のＤＮＡ検査も受けないで自然出産しちゃったの？　それって違法じゃないの？」

「ああそうだ。遺伝病検査なしの無許可出産は、新母子保健法と児童福祉法違反に当たる」

グラスの半分溶けた氷を口に含みつつ、私は答える。

「出産を手伝った助産師は医師法違反だな。だからこの事件は刑事部の岡田ではなく、生活安全部の私のところへお鉢が回ってきたんだ。奥さんも違法行為の自覚はあったから、必死にごまかそうとしたのだろう。

ちなみに……これは私の勝手な憶測だが、旦那が自殺した理由も、浮気された事実より、奥さんの浮気相手が『普通の人間』だったという点が大きかったんじゃないかな。

どうやら彼らは、人間の手が加わっていない自然の存在に、崇拝に近い感情を抱いていたらしいんだ。だから奥さんも、そういうコミュニティ出身の相手と関係を持った。

それで旦那さんは、遺伝子操作を受けた自分は、妻に真に愛される対象ではない――そう気付いてしまったんじゃないか。

そして彼は、どうあがいても自然の存在には戻れない自分自身に絶望し、命を絶った。

私はそう解釈してる」

娘が絵本を落とした。私がそれを代わりに拾ってやると、娘は神妙な顔で訊いてきた。

「パパ……。その子ってこれから、どうなるかな？」

「その子か？　その子のお母さんは執行猶予といって、一応悪いことをしたってことで罰は受ける。でも刑務所に入るわけじゃない。これからも親子で一緒に暮らしていけるよ」

「ううん。そうじゃなくて……」

娘の表情が曇る。

「だってその子、何の遺伝子治療も受けてないんでしょう？　あのね、菜摘のクラスに、錦野《にしきの》ちゃんって子がいるの。その子ね、すごく心臓が弱いの。先生は、錦野ちゃんの病気はお医者さんたちも知らなくて、だから生まれる前に治療できなかった、って言うんだけど……。でもその子のうち、貧乏だから。だからみんなはお金がなくて遺伝子検査できなくって、それでそのまま生まれちゃったんじゃないか、って……。

錦野ちゃんでもそんな感じなのに、もし『アレルギー体質』なんてわかったらどうなるんだろう。きっとその子、すごくいじめられるよ」

私は娘世代との認識の違いにはっとさせられた。私はトランスジェニック第三世代と呼ばれる世代で、中には身内にまだ原種がいる同級生もまれにいた。なのでそこまでの差別意識はなかったが、これが今の子供たちの価値観なのか。

「あとね、パパ——遺伝子操作で鼻を高くすることは、悪いこと？」

娘は幼い口調で続ける。

「クラスでもう一人、いるの。いじめられてる子が。さゆりちゃんっていうんだけど、その子美人で、とっても鼻が高いの。でも授業参観で見たら、その子のママとパパ、どっちも鼻が低かったの。

先生は、遺伝でそういうこともある、っていうんだけど。でもさゆりちゃんちは、錦野ちゃんと違ってお金持ちだから。だからみんなは、さゆりちゃんはきっとお金をいっぱい出して、こっそりそういう遺伝子治療したんじゃないか、って……」

私は言葉に詰まった。幼い娘が小さな世界で直面する悩みは、そのまま現代社会の縮図だった。

「それが悪いことかどうかは……パパたちも、まだよくわからないんだ」

そう答えるのが、精一杯だった。

「人間は何に手を加え、何に手を加えないべきか。その答えをパパたちはまだ持っていない。それはきっと、菜摘たちの世代も考えなきゃいけない宿題だ」

身も蓋もない答えだが、私はそんな言い方しかできなかった。理解したのかどうか、娘はハアと肩を落として大人びたため息をつく。

「大きな宿題だね、パパ」

私は妻や田尻と目を合わせ、苦笑した。一方で、自分たちが匙《さじ》を投げてしまった問題をそのまま幼い世代に丸投げしている——そんな罪悪感にもふと駆られる。

田尻がおどけるように、自分の頭をぺしりと叩《たた》いた。

「できれば薄毛の遺伝子治療も、早く認可してほしいものですがね。まあ今は夏休みですし、宿題の話はよしましょうよ。それより菜摘ちゃん。明日の朝は何が食べたい？菜摘ちゃんが一番好きなメニューにしよう。ああ、そうそう——そういえば菜摘ちゃんは、何か食べられないものって、あるかい？」

娘は元気よく答えた。

「ありません!」

私たちは笑った。今のはトランスジェニックの間で使い古された冗談だが、田尻が言うと何度聞いても笑えるから不思議だ。——あらゆる食品アレルギーを克服した私たちにとって、体質的に食べられないものなどない。


やがて娘が眠気を訴え、妻が寝室に連れていった。田尻は食器の片付けを始め、私は一人リビングに取り残される。

しばらくは手持ち無沙汰に娘の絵本をめくった。それから月明かりに惹《ひ》かれ、網戸を開けて一人外に出る。

星空が美しかった。しかし月光の庭は静謐《せいひつ》どころか、まるでコンサートホールばりの昆虫たちの大合唱。アルコールで熱くなった体を高原の夜の冷気で冷ましながら、私は一人夜闇に佇《たたず》み、目を閉じて無心にその騒音に耳を傾ける。

今私を取り囲む、何十、何百、いや何千という種の昆虫たち——。

だがその中に、真に自然進化を遂げた種はどのくらいいるだろうか。

私たちは自然の多くを作り替えてしまった。作物はより人間に有益なほうへ、昆虫たちはより人間に無害なほうへ。そして人間が自然界に挿入した遺伝子配列は我々の制御を離れて広く伝播《でんぱ》し、今や野生種の九割以上が、何らかの人工遺伝子の汚染を受けているという。

ゼロ×ゼロは、一にはならない——。

私は例の遺書の文言を、またふと思い出す。

あの計算式の本当の問題は、ゼロ同士を掛け合わせていることではない。そこにゼロが存在することだ。仮に遺伝子組み換え技術なしに進化したとして、人類がアレルギーを克服した体を手に入れるのに、いったいどれくらいの年月を要したろうか。何万年？　何十万年？　いや……仮に星の寿命が尽きるまで私たちが何億回と自然交配を繰り返そうと、きっとその境地には至らない。それは本来ゼロにはならないものだったのだ。

だが私たちは、本来ゼロにならないものを、ゼロにしてしまった。

それが良いか悪いかの判断はもはや天に投げよう。あるのはただ、私たちが現にその技術を持ってしまったという事実だけである。

私は夜空を見上げ、この人類の歴史を悠久に見守るであろう月に向かって問いかけた。ではその禁断の火を手にしてしまった我々は、いかにしてその火を用いるべきか——しかしもちろん月も、ましてや私たちも、その答えは持たない。

もう一度、君と

それは、夜光虫の燈《ひ》だったのでございます。

女が、鼻緒のほつれた下駄を脱ぎ、境の曖昧な夜の海にいざ踏み入らんとしたところ、突如わっと目の前の闇が青く光り、それが女には盆の人魂《ひとだま》めいて見えたものですから、女ははっと驚き立ちすくみまして、ずっとその、此岸《しがん》と彼岸の狭間《はざま》じみた光景に、怖気《おじけ》づきながらも魅入られていたのでございます。

不知火《しらぬい》を見た、と女は思いました。

しかしそれは誠にただの、夜光虫の繊弱《ひわず》な燈だったのでございます。ですが、信心深い女は——今は貧しい身なりでございますが、その褪《あ》せた文様入りの白小袖の召し物は、富貴な武家か商家の出と窺《うかが》わせます——そこで雷《いかずち》に打たれたように畏《かしこ》まり、暗い浜波に素足を洗わせつつ、その摩訶不思議《まかふしぎ》な青い燈明が明滅するさまを粛として眺めるほかありませんでした。

薄月夜でございます。

空には御簾《みす》のような雲が掛かり、そのぼやけた墨色の天井は、明け始めた東の側から徐々に紺碧《こんぺき》に澄み渡ってまいります。

あたりには、ざざあ、ざざあと、小豆《あずき》を洗うような潮騒《しおさい》の音ばかりが響きます。じっとりと濃い潮の風が、女の髪を撫《な》ぜ、こねくり回し、粗暴に打ち捨てては過ぎ去ります。

うみゃあと、海猫が明闇《みようあん》の中で叫びました。

その瞬間でございました、女の顔がひどく歪《ゆが》んだのは。波間に揺れる青い燈に心奪われていた女は、そこで初めて我に返ったように、顔に苦渋の色を浮かべました。骨と皮ばかりに痩せさらばえた手が、くたびれた腹帯あたりをまさぐります。荒れた唇が、声もなく開き閉じを繰り返します。

女はそのまま腹を押さえて蹲《うずくま》りますと、着物の裾《すそ》を黒い潮水に浸しつつ、嗚呼《ああ》……と小さな声で喘《あえ》ぎました。

嗚呼……。

女の口から洩《も》れた呻《うめ》きは、しかし打ち寄せる波と潮風の音にあえなく掻《か》き消されました。するとその声を耳ざとく聞きつけたように、今度は海の闇から再び、うみゃあ、と海猫の声が返ります。

嗚呼、嗚呼……と、うみゃあ、うみゃあ……と互いに呼びかけ合うような人と鳥との応酬は、いつ終わるともなく続きました。

いつしか女の頬は涙でしとどに濡《ぬ》れておりました。女にはその海猫の叫びが、まるで赤子の産声のように聞こえたのでございます。

女は小半刻《こはんとき》ほど、そうして喘いでおりましたでしょうか。そのうちに東の空が白み、海の沖にいくつか舟影が見えてまいりました。朝の漁を終えた材木座村《ざいもくざむら》の漁師たちでございます。女はそれに気付くと、諦め顔で立ち上がり、のろのろとまた下駄を履き直しました。そして海に背を向け、朝日から逃れるように浜辺の松林のほうへ歩を進めます。

やがて空が明け、浜に漁師たちの野太い笑い声が響きました。しかしそのころにはもう、当の女の姿は影も形もございません。

そこにはただ波と砂と、朝まずめの中で早速今日の狩りを始める海猫や鳶《とび》、そして申し訳程度の足跡が残るだけでございます――。

*

人工現実《VR》体験装置に没入中の私の視界の端に、ポンとメッセージが表示された。

ＶＲ鑑賞中の通知設定をオフにし忘れていた。己の不注意を呪いながら指を振ると、仮想の鎌倉の朝焼けを描いた美麗なグラフィックの中心に、無粋な四角い窓が現れる。

中にカエルのキャラクターが表示されていた。会社の同僚、三橋《みつはし》――の、分身キャラクター。いわゆる「アバター」だ。

「今、いいか？」と、カエルが喋《しゃべ》る。

「ああ」と、私は答える。

「悪いな、休職中に」

「いや」

「体調はどうだ？」

「まあまあ――そっちはトラブルか？」

「ああ。例のＷシリーズ、米国向けマンモグラフィーの診断人工知能《AI》だが、現開発バージョンが品質テストの最終段階で弾《はじ》かれた。このままじゃ来月頭に控えている米国食品医薬品局《FDA》の審査を通らない」

　私は眉をひそめる。思った以上に重大なインシデントだった。マンモグラフィーのＷシリーズは、元はカメラメーカーとして生まれ、今は医療機器メーカーに転じた我が社の主力製品だ。それが米国の保健機関であるＦＤＡの承認を通らないとなると、売上の三割を占める米国向け輸出が再審査待ちで数か月は滞ることになる。業績への影響は甚大だろう。

「過学習じゃないか？　パラメーターを調整して再学習させたらどうだ」

「だと思うんだが、そのチューニングができる人材がいなくてな……。三日でいい、業務復帰してくれないか？　尻拭いさせて悪いが」

私は仮想現実の朝焼けに目を向けた。私が休職したのは現バージョンの開発フェイズに入る前だから、今回の開発には直接関与していない。しかしWシリーズの初代バージョンを設計したのは私だし、その基本構造《アーキテクチャ》はそれほど変わりないはずだ。

「わかった。対処しよう」

「恩に着る。サーバーはいつもの開発系を使ってくれ。給与はひと月分で出すよう経理にかけあっておく」

「了解」

私は軽く手を振り、速やかに通信を切った。

灰色のウィンドウが消え、眼前には再び息を呑《の》むほど美しい暁天の空が広がる。この時を止めた世界にこのまま浸っていたかった。が、そういうわけにもいかない。私はため息とともに手指を動かし、ログアウトのジェスチャーをとる。

魔法が解け、白い壁が私の視界を遮《さえぎ》った。

窓さえない、簡素な四畳半ほどの小部屋。

それが私を取り巻く現実だった。人工現実体験装置は四隅を柱で支えた箱状の物で、私の体は上下から伸びたワイヤーに操り人形のように宙づりにされている。私はそのワイヤーとつながったグローブやブーツから腕や足を抜き、頭に嵌《は》めたフルフェイスのヘルメット——映像と音を伝えるヘッド《H》マウント《M》ディスプレイ《D》——を脱いだ。その他、身に着けた細かいバンド類を一つ一つ外していく。

装置から降り、モニターに表示された今のＶＲソフトのタイトルを見やった。

雪之下飴乞幽霊《ゆきのしたあめごいゆうれい》――。

鑑賞型ＶＲソフトの人気シリーズ、「鎌倉怪談」の中の一話である。

脚本家は守善名秋《もりよしめいしゅう》。現代の作家だが、主に江戸時代以前の日本を舞台にした、抒情《じょじょう》的《てき》な作風で知られる。

ＶＲが一般的な娯楽として普及したのは、ここ最近のことだ。

もっとも主流なのは目と耳のみを覆う視聴覚系のＶＲで、今私が体感していたような全身没入型の装置はまだまだ少ない。が、それでも従来の映画やテレビなどの二次元コンテンツとはその臨場感において比べものにならないので、今や娯楽産業はＶＲ花盛り、といった状況である。

この「鎌倉怪談」を買ってきたのは、妻だった。

そもそもこの「全身没入型人工現実体験装置」を欲しがったのも妻だ。どこか夢見がちで、地に足のつかない妄想を楽しむ性癖のあった妻には、このＶＲという娯楽はまさにうってつけだったのだろう。

あるとき私は、妻がなぜそんなにＶＲが好きなのか訊《き》いてみたことがある。

すると妻は答えた。

ある。

──だってこんなこと、現実じゃ絶対に経験できっこないじゃない。

また私は、妻がなぜ一人でVRを楽しまず、必ず私を誘おうとするのか訊《たず》ねたこともある。

すると妻は少し間を置いてから、

──一人だと、少し怖いの。

と、ぽつりと答えた。

二つ目の答えはわかるようでわからなかった。ただ彼女のVRソフトのコレクションにはホラーものが多かったので、一人でホラーを観《み》るのが怖いという意味だろう、とそのとき私は解釈した。

特にこの「鎌倉怪談」シリーズは彼女のお気に入りで、新作が出るたびに私は長い上映会に付き合わされた。数時間は立て続けに観るので、始まる前に「トイレは済ませた?」と妻から訊かれるのが恒例の儀式のようなものだ。

そんな妻の趣味が私を不満にさせるということは一切なく、それは夫婦の潤滑油のようにうまく機能した。在宅勤務の私が書斎から休憩に出てくると、リビングでうずうず顔で待っている妻の姿がある。そして彼女は私の肩などを揉《も》みつつ、「気分転換でもしない?」と、言葉巧みにVRの世界へと誘《いざな》ってくるのだ。安全で安心、かつ費用も初期投資以外は大してかからないこの安価で慎《つつ》ましい娯楽を、私たちは心の底から楽しんでいた。それは私たちの生活の潤いだった。

だが――。

私は部屋の入り口で立ち止まると、中に並んだ二台の装置を解《げ》せない思いで振り返る。

ではなぜ妻は、この「飴乞幽霊」を観たあと、忽然《こつぜん》と失踪してしまったのだろうか。

＊

光明寺《こうみょうじ》の参道に、祭りの燈《とも》が灯ります。

お十夜《じゅうや》でございます。夕間暮《ゆうまぐ》れも過ぎ、境内に幽暗な気配が漂うころ、さながら炉で燃える炭のごとく、店の幟《のぼり》や参拝客の喜色顔が宵闇に赤々と浮かび上がってまいります。

団子屋。鋳物屋《いものや》。飴屋。農具や神具屋――そんな夜店と人出で賑《にぎ》わう往来の中に、垢《あか》じみた風体《ふうてい》の女が一人、ふらりと迷い蛾《が》のように紛れ込んでおりました。

あの明け方の浜辺にて、海猫と奇妙な掛け合いをしていた女でございます。

死人同然の顔色をした女も、この祭りの様子には胸躍るものがあったのでございましょう。その血の気の薄い顔に小花のような笑みを浮かべ、女は左見右見《とみこうみ》、物珍しげに首を振りつつ、夜店の間をゆらゆらと陽炎《かげろう》めいた足取りで、奥へ奥へと進んでまいります。

ふと女の目が、鍋釜《なべかま》を茣蓙《ござ》に並べた鋳物屋の男のそれと合いました。

するとと鋳物屋は、シィーッとまるで犬でも追い払うかの調子の音を立てます。

途端に女は羞恥に顔を赤く染めました。客ではないと思われたのでございます。女が口惜しさに胸を潰しつつ、逃げるように奥へ奥へと進みますと、やがてその行く末に、威風堂々たるご本堂と、黒い天を貫く一本の長い柱が見えてまいりました。

回向柱《えこうばしら》でございます。

その長い柱のてっぺんからは一本の白い綱がぶら下がり、弓なりに緩く垂れつつ、まっすぐに本堂へと伸びております。その綱の先には、光明寺のご本尊が結ばれているのでございます。ご本尊とつながったからにはそれはもう仏も同然という理屈でございまして、ゆえにその綱——善の綱、などと呼ばれております——をただ握りさえすれば、勤行《ごんぎよう》なくして仏の功徳《くどく》が得られる、といったものですから、それはもう国中の物臭どもがおっつけ駆けつけまして、このお十夜のあたりは毎年芋の子を洗うような大賑わいなのでございます。

女もご多分に漏れず、その綱を握りにやってきたのでございました。しかし雲霞《うんか》のごとく押し寄せる人波に臆したのか、女が柱の遠い手前で立ち往生しておりますと、やがてその体は人垣から締め出され、女はあれよという間に参道の端へと押しやられます。

するとそこで女は、今しも夜店の飴屋から飴を買わんとする、赤い着物姿の童女にふと目を留めました。

女はじっと、その童女が嬉《うれ》しげに飴を頬張る様子を眺めておりました。

童女が去ったあとも、女は痺《しび》れたようにじっとひとところを見つめておりました。やがてその目が、ゆっくりと飴屋の店前に立つ一本の幟に向かいます。

水飴一文《もん》、とありました。

しかしそこで女ははっと我に返ります。飴屋の男が、険のある目で女をじろりと睨《ね》めつけていたのでございます。女は先刻の鋳物屋のことを思い出し、また羞恥に駆られてそそくさと立ち去ろうとしました。すると男が声を掛けます。

「おい」

男は飴細工の一つを手に取り、前に突き出しました。

「やる」

女は足を止めました。

「え？」

「端がな……欠けちまったんだ。なァに、この暗さじゃ気付くやつもいるめえと、盆暗《ぼんくら》な客に売っちまうつもりでいたが。やっぱり阿弥陀《あみだ》様の手前だ。狡《ずる》はいけねえ」

女はぽかんと口を開けて男を見ておりました。「いらねえか？」男が飴を放り捨てる仕草をすると、女は慌てて駆け戻り、男の手から飴の棒をむしり取ります。

そしてそれを後生大事そうに胸に捧《ささ》げ持ち、

「ありがとう」

と、にこやかな笑みを見せました。

山藪《やまやぶ》に、白萩《しらはぎ》の花が咲いたような笑顔でございました。手穢《てむさ》いと思っていた女が急に思いもよらぬ笑顔を見せたものですから、男はしばし返す言葉を失い、我知らずそのさまに見惚《みと》れます。すると女はそれを迷惑顔と受け取ったのか、また羞恥に頬を染め、垢《あか》塗《まみ》れの顔を蓬髪《ほうはつ》に隠して、飴屋の前からおずおずと腰を曲げて引き下がりました。

女は幾度も頭を下げつつ、参道の外の闇へと小走りに駆けていきます。そのさまを、男はまるで天女か化生《けしょう》の女と出くわしたような心持ちで、ぼうっと眺めていたのでございます――。

＊

私は話の切れ目で速やかにログアウトすると、装置を出てリビングに戻り、ソファに座り込んで目頭を押さえた。

VR酔いだ。

祭りの揺らめく提灯《ちょうちん》と人の流れに酔った。視界の動きと体の加速感にずれが生じることが原因だろう。この全身没入型装置なら体の向きは自由に変えられるので、視界と重力方向にそれほど齟齬《そご》はない。しかし体に感じる加速度だけはどうにもならない。それを克服するには、内耳にある三半規管の有毛細胞などに直接電気信号を送り込む必要があるだろう。そしてその脳と機械を直接接続するブレイン《Ｂ》・マシン《Ｍ》・インターフェース《Ｉ》が登場するのは、きっとそれほど遠い未来ではないに違いない。

水が飲みたかった。冷蔵庫に行き、ミネラルウォーターのボトルを取り出す。扉を閉めるとアラームが鳴った。冷蔵庫の扉の表面に、今私が取り出したボトルの商品画像が浮かび上がる。

「在庫がなくなりました。注文しますか？」

どことなく幼女の拙い口調を思わせる人工音声だった。米国の某ベンチャー企業が開発したハウスキーパーＡＩ、カーリー２・３である。我が家のＩＴ家電やセキュリティシステムなどは、すべてこのカーリーが一括管理している。ＡＩは年々進化しているが、その会話力はまだ人間と事務的な話ができる程度で情緒には乏しい。妻には「うるさい小姑《こじゅうとめ》がいるみたい」と不評である。

私はリビングの窓辺に立った。気付くともう夕暮れどきだった。窓から見える空は西日に染まり、ＶＲにも負けず劣らずの幻想的な色合いを醸し出している。

この横浜郊外にあるマンションを住処《すみか》に決めたのは妻の意見だ。私は月の大半が在宅勤務なので、「なら少しくらい交通の便が悪くてもいいわよねえ」と、不便だがあまり値の張らない物件を彼女が自分で見つけてきたのだ。それでは買い物などに困らないかと気を揉む私に、彼女は笑顔で答えた。——だってあなた、ネットの仮想店舗で服の試着までできるのに、わざわざ人ごみに買いに行く必要ないじゃない。

そんな妻が通販よりVRに夢中になり始めたのは、いつ頃からだったろうか。

妻はいったい、現実の何から逃げたのだろうか。

＊

鎌倉の東慶寺《とうけいじ》と申せば、当代随一の縁切寺でございました。

開山の覚山尼《かくさんに》が、不法な夫に身を任す女人《にょにん》こそ憐《あわ》れと思い、寺に駆け込む女人を庇護《ひご》する御寺法を定めたのでございます。そんな東慶寺の総門の手前、街道に生ふる銀杏《いちょう》の陰に、かのうらぶれた女は立っておりました。朝靄《あさもや》の立つ中、草露に裾と踝《くるぶし》を濡らしつつ、女は総門奥の山門をじっと焦がれるように見つめております。

しかし当の女の足は、まるで地に根付いたかのようにその銀杏の陰から動きません。女には何か、寺の敷居を跨《また》げぬ事情でもあったのでございましょうか。御寺法では、一度縁を切ってから復縁した夫婦の二度目の縁切り、あるいは寺入り中の逃亡は御法度《ごはっと》とされています。

――うみゃあ。

するとそのうちに、近くの薄《すすき》の藪から、愛くるしい獣の鳴き声が聞こえてきました。

猫でございました。今度は先の海猫ではなく、正真正銘あの毛むくじゃらの、ただ人様より恩寵《おんちょう》を受けるだけしか能のない滅法可愛《かわい》さの猫でございます。

しかしそれを見た女は、途端に顔を青白くさせました。うみゃあうみゃあ、と甘えて近づく仔猫《こねこ》に対し、女はまるで化け猫にでも出くわしたかのごとくの怯《おび》え顔であとへあとへと引き下がります。

「もし」

次いで女の背に、掛かる声がありました。

女は重ねて驚き振り返ります。頭巾を被《かぶ》った尼僧でございました。寺の向かいの御用宿から出てきたのでございましょう。女は猫と尼僧に挟まれ、往生したように立ち尽くしました。尼僧は詮索顔で女の顔を覗《のぞ》き込みますが、その面つきに覚えがないのか、はたまた元の面影がないほど女の人相が変わっていたためか、尼僧は何事もなくその目を女の腹に移し、そして弓なりの眉をひそめます。

「その御腹《おなか》は――」

女は帯下の腹をはっと手で押さえました。

女の腹は、ぷっくりと風船玉のごとく膨れているのでございました。猫と尼僧、両者としばし睨《にら》み合ったあと、女は急にくるりと踵《きびす》を返します。

「もし。お待ちを。もし――」

尼僧の呼び声に構わず、女は朝の影が伸びる街道をもつれ足で走ります。

女の下駄に、紫紺の桔梗《ききょう》が踏み折られます。蹴り散らされた黄色い女郎花《おみなえし》や赤い撫子《なでしこ》が、女の足跡の代わりに淡い花道を作ります。やがて女の足は脇に逸《そ》れ、葛《くず》の葉や蚊帳《かや》吊草《つりぐさ》が覆う山道へ飛び込みました。女は丸い腹を抱えながら、息を切らし、まるで熊か狼《おおかみ》からでも逃れるように、秋草生い茂る野道を一目散に駆け逃げていったのでございます――。

＊

――パパ。

VR鑑賞中、私はふとそんな声を聞いた気がして、一瞬背筋がぞっとなった。

慌ててログアウトする。HMDのヘルメットを脱ぐと、現実のVRルームはもちろん無人だった。私はワイヤーの繰り糸に吊《つ》られながら、薄ら寒い思いで閑散とした部屋を眺める。

何だ……今のは？

ただの空耳か。まるでヘルメット越しに、直接耳元で囁《ささや》かれたような気がしたが。子供の幽霊——というには「パパ」と呼ばれることに心当たりがない。なぜなら私と妻の間には、まだ子供がいないからだ。

医学の進歩で初出産年齢も年々高齢化する傾向にあり、私たちもまだ当分は二人きりの生活を楽しむ予定だった。妻に隠し子でもいるなら話は別だが、今のところ私を「パパ」と呼んでくれるような存在はいない。

まさかカーリーの悪戯《いたずら》でもないだろう。ひとまず休憩を取ろうと装置を外していると、ファファンと玄関の来客を告げる電子音が鳴った。

「三橋様です」

カーリーの声。通してくれ、と私が答えると、やがてビニール袋を提げたアバターではない本物の三橋が、「よう」と部屋の戸口から顔を見せた。

「陣中見舞いだ」

私のAI修正作業の進捗《しんちょく》を確認がてら、様子を見に来たらしい。私はリビングで三橋の手土産の酒や栄養ドリンクなどを飲みつつ、作業は順調だと報告した。三橋はそれを聞き安心した顔を見せたあと、おもむろにVRルームの扉に目を向ける。

「……あっちはほどほどにしとけよ」

「何が？」

「VR」

「ああ——」

「ニュースでやっていた。最近依存症が増えているらしい。どこかの心理学者が分析してたが、女性はVRをストレス発散に使ってむしろ社交性が増すのに対し、男性はよりVR世界に閉じこもってしまう傾向にあるそうだ」

「今はまだいい。問題が深刻化するのはむしろこれからだろう」

私はぼんやり庭に目をやる。

「脳と機械を直接接続するBMIが実用レベルに達すれば、人工現実への没入感は現在の比じゃない。なにせ五感の器官を通さず、直接脳を騙《だま》すわけだからな。さらに脳スキャン技術が発展すれば、ヒトの記憶を外部媒体に保存したり読み出すことも可能になる。そうしたら他人の人生を追体験したり、過去の美しい思い出に入り浸ったり……なんでも思いのままだ」

三橋が肩をすくめた。

「そうなると少し怖いな。社会がどうなるか」

私は栄養ドリンクを一口飲み、携帯型《ハンドヘルド》の小型端末を手に取った。

「香苗《かなえ》が……失踪する前のあいつが、これを観ていたんだ」

小型端末に「鎌倉怪談」の製品プロモーションサイトを表示させる。三橋は私から端末を受け取り、眉をひそめた。

「『鎌倉怪談』？　ホラーか？」

「あまり怖くはない。昔話って感じだ」

「どんな話だ、これ？」

「筋はシンプルだ。これは短編集で、私が妻と最後に観たのは『雪之下飴乞幽霊』という話なんだが……飴屋の男のもとに、夜な夜な飴を買いに来る若い女がいる。実はそれは死後出産した女の幽霊で、あとから墓を掘り起こしてみると、生きた赤子が泣いていたというオチ……『子育て幽霊』といって、日本各地に似たような幽霊話があるらしいが」

ふうん、と三橋は軽い相槌《あいづち》を打ち、ビールを飲んだ。

「つまりこの話の中に、奥さんが失踪したヒントがあるんじゃないかと？」

「たぶん」

「まだ見つからないのか、奥さん」

「音沙汰なし、だ」

「事件に巻き込まれた可能性はないんだな？」

「ああ。書置きがあった」

誰かに脅されて書いた、という可能性もゼロではなかったが、私には妻が自分の意思で出ていったという確信があった。家の中に争った形跡はないし、生活の細々とした物事——掃除や洗濯、冷蔵庫の古い物の処分や観葉植物への水やりといったこと——が、まさに立つ鳥跡を濁さずといった感じで綺麗《きれい》に片付けられていたからだ。

三橋が指でサイトをスクロールさせる。

「お前、これを観たあと、奥さんに何か言ったか？」

「いや、特にそんな覚えはないが……どうして？」

「なに。女が腹を立てて出ていくとしたら、決まって男の無神経な発言が原因だろうと思ってな。たとえば奥さんは本音は子供嫌いなのに、『母親の愛は素晴らしい』とかいらんことを言ったとか……」

——どうだっただろうか。私はぼんやりとVR鑑賞後の妻との会話を思い出す。あのときはむしろ妻は鑑賞後の余韻に浸るかのように言葉少なで、私も下手に口出しして彼女の気分を壊さないよう、二人で静かな夕食を摂《と》っていたはずだ。

一つ覚えているのは、妻が「そういえば、ヘルメットのレンズを涙で濡らしちゃった。ごめんなさい」と、突然思い出したように謝ってきたことだ。

妻が言うレンズというのは、ＨＭＤの視界表示をするゴーグルのようなディスプレイ部分のこと。赤子が現れる最後の場面で大泣きしてしまったという。あとで装置の掃除がてら確認すると、確かにゴーグル内側のレンズ部分には濡れた跡があった。てっきり感動で流した涙かと思っていたが……もしかするとあれは、自分もいつか母親にならねばならないというプレッシャーからくる、煩悶《はんもん》の涙だったのだろうか。

妻は子供が嫌いだったのだろうか。

*

夜霧で煙る亀ヶ谷《かめがやつ》の坂を、飴屋の男が提灯片手に下りてまいります。あたりにしっとりと漂うは、金木犀《きんもくせい》の香りでございます。霧と花の香の満ちる中、飴の行商を終えた男が暗闇の家路を急いでおりますと、やがてさらさらと、水音の立ついつもの川縁《かわべり》が近づいてまいります。

男がさらに進みますと、薄月の照らす川縁の柳の下に、まるで驚かしのように白い影がぬっと立っておりました。

いつぞやの祭りで出会った、貧しい身なりの女でございます。

女は男に気付かず、黒々とした川面《かわも》を見下ろしております。男はその着物の腹が、綿でも詰めたかのようにひどく膨らんでいることに気付きました。女はその腹を両手で愛《いと》おしそうに抱えつつ、季節外れの川の蛍でも探すように、じっと足元の闇に目を凝らしております。

やがて女はつと下駄を脱ぎ、その川の中から名を呼ばれでもしたように、そろりと川《かわ》淵《ぶち》に向かって足を踏み出しました。

男は静かに声を掛けました。

「浅いよ」

女は特に振り返りもせず、男の声に答えました。

「……浅《あそ》う、ございますか」

「ああ。浅い」

女は再び川面を覗き込みます。そして肩を落としてため息をつくと、川岸から離れ、脱いだ下駄をのろのろと大儀そうにまた履き直しました。

男が提灯を持って近づきます。すると女ははっと顔色を変えました。女もようやくそこで、声の相手が誰かを知ったのでございます。女の目に一瞬狼狽《ろうばい》の色が浮かびますが、それもすぐに窶《やつ》れた表情の中に消えると、女は丁重に頭を下げ、くるりと男に背を向けます。

「なァ、あんた。もし行く当てがねえってんなら――」

しかし今度は女も応じませんでした。女は返事代わりにやや背を丸めると、そのまま一歩一歩、海に潜る魚のように、暗闇の坂下へとその身を沈めていきます。

あとにはただ、川のせせらぎと、騒々しい虫の音が残るばかりでございます。

＊

私はＶＲの場面転換の暗転シーンで、いったん再生を止めた。

ふと、気になることを思い出したのだ。

そういえば、あのとき——妻のアバターは、何も反応していなかった。

この鑑賞型のＶＲである「鎌倉怪談」には、いくつかの鑑賞モードがある。

一つは「第三者モード」で、この場合アバターと呼ばれる仮想キャラクターとしてこのＶＲ空間内に存在し、そのアバターの視点から（まさに幽霊のように）物語世界をただの観客として鑑賞できる。もう一つは「主観モード」で、こちらは物語の登場人物の誰かになりきり、その作中人物の視点で話を体感できる。

私と妻は基本的には「第三者モード」で、それぞれお気に入りのアバターの姿で野外演劇を鑑賞するようにこの物語を楽しんでいた。ただし妻は「主観モード」も好きで、そのモードのときは妻のアバターは電池が切れたように動かなくなる（ユーザーが「第三者モード」以外を選択中は、アバターはその世界で中身のない着ぐるみのように動きを止める）。

最後にこの「飴乞幽霊」を観たときもそうだった。つまりあのときの妻は、これの登場人物の誰かの「主観モード」で観ていたのだ。この話で体感して面白いのは主役の女と脇役の飴屋の男ぐらいだろうから、やはり選ぶとしたら主役のほうだろう。と、いうことは――妻はこの物語をただの傍観者ではなく、一人の当事者として体感していたのか？

もし妻の失踪理由がこの物語にあるのなら、その原因を知るにはやはり妻と同じものを観る必要がある。私はＶＲソフトの設定画面を呼び出し、視点を女の「主観モード」に切り替えた。そして考える――。

妻はいったい、あの女の目から何を見たのだろうか。

＊

飴屋が再び女の姿を見たのは、それからひと月は過ぎたあとのことでございます。

山風もめっきり肌寒くなる、晩秋の暗夜《あんや》のことでございました。いつものように行商を終えた男が、えっちらおっちら、暗闇の切通し坂を下ってまいりますと、男の妻子が待つ家の明かりの前に、提灯も持たずにぽつねんと佇《たたず》む女の姿がございます。

女は男を見ると、今度は安堵《あんど》したような笑みを浮かべ、

「飴を」

と、中して一文銭を差し出してきました。

男は怪訝《けげん》に思いましたが、ひとまず売れ残りの飴を渡すと、女は大層な喜びようでそれを押し頂き、代わりに冷たい手で男に一文銭を握らせます。

「ありがとう」

残りもんだから、と銭を突き返そうとする男の手を、女は笑って押し戻しました。そして頭を下げつつ、また闇の中へ音も立てず消え去ります。男は錆《さ》びた一文銭を手に、狐《きつね》に摘《つま》まれたような顔つきでその後ろ姿を見送りました。そして首を傾《かし》げつつ家の引き戸に手を掛けたところで、ようやく女の腹が平らだったと気付いたのでございます。

＊

――パパ。

そこで私はまた子供の声を聞いた気がして、思わずＶＲを止めた。

少し時間を戻し、同じシーンを再生する。今度は特に聞こえない。何だ。やはり空耳か？　少し薄気味悪くなったので私はひとまず視聴を止《や》め、速やかにログアウトして装置を出た。三橋の言う通り、最近ややＶＲにのめり込みすぎかもしれない。

その足でキッチンに向かう。冷蔵庫から牛乳パックを取り出すと、「牛乳残りわずかです」とカーリーから忠告があった。在庫表示を見ると一部の品目の減りが激しい。どうも私一人では食べ方に偏りが出るようだ。

在庫僅少《きんしよう》の牛乳でカフェオレを淹《い》れ、今のシーンを振り返る。

今回私は妻を真似《まね》て、女の「主観モード」で鑑賞してみた。

女の視点で見る世界はひどく寒々しかったが、一つ発見があった。今の場面で男を待つ間、女はじっと男の家を覗いていたのだ。そこには一枚の莫蓙の上で仲良く添い寝する、幸せそうな男の妻子の姿があった。妻は逆に、子供が欲しかったのだろうか？

だがそれならそう相談してくれればいいだけの話で、私は別に反対はしない。私たち夫婦に身体的な問題があったわけでもない。なら原因はやはり、子供のことではない？

「三橋様から通話のリクエストです」

するとカーリーの声が聞こえた。私が壁のモニターに応答に出ると、アバターでない本人の狸顔《たぬきがお》がそこに映る。

「どうした三橋。またトラブルか？」

「いや、お前の修正版は順調にテストをパスしている。その礼――というわけでもないんだが、うちの連れからちょっと気になることを聞いてな。一応確認しておこうかと」

「気になること？」

「ああ……お前って確か、当分子供を作る気はないって言ってたよな？」

「言ったな」

「なら奥さん、まだ妊娠はしていないんだな?」

「もちろん」

「とすると、少し言いにくいんだが……」三橋はやや口ごもる。「昨日な、たまたまうちの連れに、お前の奥さんの写真を見せたんだよ。そしたらあいつ、『前に見た』って言うんだ」

「前に見た? どこで? いつ?」私の声は無意識に裏返った。

「それが……産婦人科だ」

「産婦人科?」

「うちの連れ、妊娠三か月でな。定期的に病院の産婦人科に通っているんだが、そこでお前の奥さんが、診察室から出てくるのを目撃したって言うんだ。まあ腹は特に目立ってなかったらしいんで、ほかの病気か何かの可能性もあるが……」

私は眉をひそめた。妻にそんな持病があっただろうか。

「それはいつごろの話だ?」

「先月の第三水曜……お前の奥さんが失踪する八日前だ」

「だったら人違いだろう。その週はずっと私は在宅で仕事していたから、妻が外出すればわかったはずだ」

私は冷静に答えた。仕事中私は頻繁に部屋を出て休憩を取るため（そのほうが能率はいい）、三十分でも妻が家を離れればすぐに気付いたはずだった。郊外に建つこの家からは、診察時間も含めれば最寄りの病院でも往復一時間はかかる。

やや間があった。やがてモニターの中で三橋は咳払《せきばら》いすると、話を切り上げるように片手を振った。

「そうか……ならいいんだ。余計なことを言って悪い」

＊

その日より女は、毎晩足しげく飴屋の家を訪れるようになりました。

決まって日暮れ後、男があるときは行商の帰りに、あるときは夜風に当たりに家の戸口に立つと、軒先に白い着物の女が闇に紛れて佇んでおります。女は男の顔を見ると、いつも白萩めいた笑顔を咲かせ、「飴を」と、痩せた手で男に錆びた一文銭を渡すのでございました。

店《たな》も開いていない男の家に、夜な夜な飴を買いにくる女を怪しく思ったのでございましょう。あるとき男の妻が、幼子を抱いて窓から顔を覗かしつつ、胡散臭《うさんくさ》げに夫に問いました。

「誰だい、あの女」

「客だ」

「あんな薄気味悪い客があるかい」

「うちの飴を銭払って買うなら、客だ」

ふん、と妻は鼻を鳴らすと、愚図《ぐず》る子を抱えてまた顔をひっこめます。とはいえ男も、女の素性についてはいささか測りかねているのでございました。はてさてあれは、人か、物の怪《もののけ》の類《たぐい》か——男はしきりに首を捻《ひね》りつつ、女が去りしあとの夜の帳《とばり》をじっと見つめ続けるのでございます。

＊

暗闇から聞こえる川のせせらぎの音に、私は唐突に尿意を催した。

つい近くの草むらで用を足そうとし、苦笑する。危ない危ない、仮想空間だ。私は慌ててログアウトし、現実のトイレに駆け込んだ。今さらながら「トイレは済ませた？」という妻の忠告の有難味を知る。

用足し後、洗面所で手を洗いながら、しかし私はそこでふと疑問を抱《いだ》いた。

待て。

と、いうことは——。

私は妻の確認があったからこそ、これまで鑑賞中にトイレに立たなかったのか？

それは事実その通りだった。妻の気遣いのおかげで、私は鑑賞中特に尿意などに邪魔されずに物語世界にどっぷりと浸ることができたのだ。通知設定も妻に言われてオフにしていたので、私一人のときはつい忘れがちになってしまう。

とすれば、前に私が三橋に説明した妻の「アリバイ」には、一つ穴があることになる。

妻が、私に勘付かれずに外出できるタイミング——。

それは、私がVRを鑑賞中のときだ。

在宅仕事中、私は頻繁に部屋から出てくる。そのため妻もおちおち家を空けてはいられない。しかしVR鑑賞中なら、その鑑賞時間内は私の意識は仮想世界中に拘束されることになる。

ここにきて様々な疑念が湧いてくる。なぜ妻は、私と二人で観ることにこだわったのか。毎回必ずトイレの確認をしていたのはなぜか。時折妻のアバターが動かなくなったのは、鑑賞モードの変更ではなく、現実の中身がどこかに抜け出していたからではなかったか——。

それを確かめるのは簡単だった。機械——ことＡＩに疎く、どちらかというと反発さえしている妻は、我が家のセキュリティシステムの機能をまだよく知らない。

私はリビングに戻ると、誰もいない空間に向かって静かに言葉を発した。

「カーリー。この家の入退出記録を表示してくれ。過去半年分全部だ。パスワードは……」

やや間を置いて、「了解しました」との声が返ってくる。カーリーは人の出入りの記録《ログ》を半年分保存している。もちろん妻の失踪日後の記録は確認していたが、それ以前は未調査だった。まさか妻が私に隠れて外出しているなど夢にも思わなかったからだ。しかしそのアリバイの「穴」に気付いた、今となっては――。

モニターに緑色の発光文字列が表示された。私は祈るような気持ちでそれを読む。お願いだ。どうかこの予想が間違いであってくれ――。

しかし私の希望は打ち砕かれた。

妻の頻繁な外出記録が、そこにはあった。

*

飴屋に通う女の姿は、日に日に窶れていくようでもありました。

六日目のことでございます。いつものごとく一文銭を出した女は、もうこれで最後ですから、とか細い声で付け足しました。

男は銭と飴を引き替えながら、女の落ち窪《くぼ》んだ目を見つめます。

「最後？」

「金が、無《ね》えのか？」

女は黙って俯《うつむ》きます。

男は次いで、女の平らになった腹に目をやりました。

「子供……生まれたのか？　それであんた、飴を――」

女は寂しげに微笑《ほほえ》みます。そのまま口も開かず頭を下げ、女は踵を返しました。

「なァ、あんた。また来いよ。売り物にならねえ飴なら、やれっから――」

女はわずかに頭を下げつつ、夜陰の向こうへと消えました。男はしばらく呆《ほう》け顔をしておりましたが、やがて「ええい、糞《くそ》」と毒づくと、軒先の提灯をひっ摑《つか》み、文目《あやめ》もわからぬ夜道へ飛脚のごとく飛び出します。

川縁を一町も走らぬうちに、女の白い着物がちらちらと明かりの先に見えてまいりました。これなら苦もなく追いつくだろうと、男が気を緩めたのも束《つか》の間《ま》、その姿はさながら武蔵野《むさしの》の逃げ水、走れども走れども一向に追いつく気配がございません。

さてはやはり、あやかしの類か――ますますもって男が疑心を深めたところで、女がすうっと横の木塀に吸い込まれるように消えました。

男が眉に唾を塗りつつ近づくと、そこには松源寺《しょうげんじ》の墓所に続く木戸がございます。

男は勢い中に飛び込みました。すると居並ぶ墓石の合間に、ぼんやりと青い月の光を受けて立つ女の姿がございます。

男が声を掛けようとすると、ふっと女の姿が掻き消えました。

あっと男は腰を抜かします。

——うみゃあ。

その男の耳に、今度は何かの鳴き声が聞こえました。

うみゃあ、うみゃあ……。声はだんだんと昂《たかぶ》りを増します。男は肝が縮む思いで墓場を見渡しますが、あたりにはそれこそ猫の子一匹ございません。

それでも辛抱強く声の出所を探すうちに、ようやく男は気付きました。その声は地上のものではございません。その声はまさに、女の消えたあたりにある、土饅頭《どまんじゆう》の下から聞こえていたのでございます。

＊

私は暗い桶《おけ》の底に閉じ込められている。

座棺《ざかん》——というのだろう。四角い棺《ひつぎ》ではなく円柱の樽《たる》のような棺桶の中に、「私」の体は折り畳まれて入れられている。

痩せ細った体はもはや座った姿勢を維持できず、横に倒れたまま。私はまるで胎児のように膝を抱えて横を向いた格好で、桶の円形の縁に沿ってぴったりと丸く納まっている。

私の膝の間では赤子が泣いている。

生まれてまもない赤子が。

顔は暗くてよく見えない。腕に当たるのは飴を舐《な》めたあとの棒だろう。うみゃあうみゃあと、赤子は猫の子めいた弱々しい泣き声を上げつつ、魂の抜け殻となった「私」の体に必死に這《は》い上ろうとする。

小さな手がすりきれた私の着物の胸元を開け、乳をまさぐる。本能なのだろう。赤子は干し柿のように萎《しお》れた乳房をそれでも探り当てると、短い指で摑み、歯もない口で必死に乳首を強く吸い上げる。

すまない——と私は思う。

乳をやれなくてすまない、と。

もちろんすべては仮想世界のまやかしの現実だ。それも生者の、しかも男である私が決して経験することのない現実——墓に埋められてから死後出産した女の視点という現実。

例の墓場のシーンは「第三者モード」では地上で傍観するだけだが、「主観モード」

で女の視点に切り替えるとこの場面となる。もっとも死んだ体という設定なので動きの自由度は低く、せいぜい視線を動かせるくらい。また血や胎盤など、あまり生々しいディテールは描写されていない。赤子の肌もさらりとしていて、まるで手触りのいいシルクでも撫でているかのようだ。このあたりがエンターテインメントとしての表現の限界なのだろう。

だがそれでも、圧倒的な「現実感」は伝わってくる。

そこで表現されている「現実」はただ一つ——「死の感覚」だ。

生者の世界から放逐され、地の底に埋められた絶望感。生まれたばかりの我が子を前に、手さえ差し伸べられない無力感。失意。哀《かな》しみ——そういった「死」から派生する様々な感情が、デジタル情報に誑《たぶら》かされた五感を通じて怒濤《どとう》のように押し寄せてくるのだ。

寂しかった。虚《むな》しかった。すでにただの物と成り果ててしまったこの身が、無性に憐れでやりきれなかった。

気が付くと私は涙していた。女と同じく横になった現実の私の顔の上で、本物の涙が目尻から耳へと伝わり落ちていく。

妻もこの「死」を、恐れたのだろうか。

あれから産婦人科に確認をとったところ（初めはDV男と間違われ答えを渋られたが）、やはり妻は妊娠していた。一か月だったそうだ。私たちは一応避妊していたがそれも完全ではないので、妻の妊娠自体はそれほど怪しむべきことではない。しかし――。

問題は、妻がそれを私に黙っていたことだ。

それは妻にとって、私には言えないような妊娠だったのか？　不倫。性暴力。様々な不吉な考えが私の胸に去来する。しかしそういった暗い話題はあの明るい妻にはどうにもそぐわない気がした。私が妻の演技を見抜けなかったと言われればそれまでだが、それよりも原因はもっと妻の内面――それこそ「死への恐怖」など、そういった心理的なものにある気がするのだ。

またそれとは別にもう一つ、あの女幽霊の視点に立って私にはわかったことがある。

飴屋の男がいい男なのだ。

見た目だけではない。粗暴な中の優しさ、人を見た目で差別しない大らかさ、妻子を大切にする誠実さ――まるで非の打ちどころのない男なのだ。もしかして妻は、あの仮想の男に惚《ほ》れたのか？　それで現実の夫の私と引き比べて嫌気がさし、私の前から逃げ出した――？

わからない。私はログアウトすると、装置を出てリビングのソファで頭を抱えた。何もかもがわからない。妻がなぜ妊娠について黙っていたのか。妻が何を考えていたのか。

私が知る妻は本当の彼女の姿だったのか。

もしかして私は、ただこの五感を通じて偽の彼女の人格を感じていただけではなかろうか。だとしたらなんという皮肉だ。こんな御大層な装置を持ち出すまでもなく、私たちはすでに充分仮想の世界に生きているのだ。

そこまで考え、私は首を振った。止めよう。考えすぎだ。VRのやりすぎだろう、目にひどく疲れを覚えたので、私はひとまず頭を切り替えようと目薬を取ってきて眼球の乾きを潤す。

そのときだった。目尻から下に垂れる涙に、ふと奇妙な違和感を覚えた。その違和感の正体をじっと考え込むうち、一つの考えが徐々に明確な形を取り始める。

下に——垂れる？

＊

その後、男が寺の住職とともに墓を掘り起こしますと、中からは玉のような赤子が出てまいりました。

腕の中の赤子を見下ろす男に、赤子は世にも愛らしい笑みで応えます。住職が申すに、おそらく身籠《みごも》って死んだ女が、墓の中で生まれた子を不憫《ふびん》に思って化けて出てまいったのであろう。女が使った銭は、自分が慰めに棺に納めた六文銭の渡し賃に違いない――との話でございました。

事の次第を知った男は、これも仏縁だろうとその赤子を引き取り、我が子も同然に育てました。やがてその子は賢才を発揮し、どこぞの高僧となったとの風の噂《うわさ》でございます――。

*

その数日後、私の足は鎌倉の長谷寺《はせでら》へ向かっていた。

季節は夏の入り口だったが、平日夕方の鎌倉はそれほど観光客が多くなかった。寺の受付でIC読み取り機にカードをかざして拝観料を払い、やや味気ない思いで寺門をくぐる。

境内にはVRではない現実の草木が、青々と茂っていた。

花房の代わりに緑の葉で枝をしならす枝垂桜《しだれざくら》。梅の木。高く茎をのばした蓮《はす》の葉に、赤い花をつけた百日紅《さるすべり》。

さらに奥に進むと、本堂に続く石段の途中に、小さなお堂と無数のこけしめいた地蔵が並ぶ一角があった。水子を弔う墓だ。その地蔵たちの手前で、静かに手を合わせる見慣れた背中があった。私は緊張とともに足を止める。

妻だ。

意を決して近づくと、じゃりっと玉石を踏む足音に彼女が気付いた。こちらを振り返る。そして息を呑み、立ち上がって目を左右に泳がした。

一方で私の目は、久しぶりに対面する妻の顔よりもまずその腹に行った。まるで喪服のように地味な濃紺のワンピース。その腹部は、まるで発酵したパン生地のようにふっくらとなだらかに膨らんでいる。

間に合った――。

私の口から、ふうと安堵のため息が漏れた。

妻が狼狽して言った。

「あの、あなた。私……」

「ああ。わかってる」

私はなるべく穏やかに答える。

「怖かったんだろう。子供を産むのが」

妻が両手で口を押さえる。その目に、じんわりと涙が浮かんだ。

「ごめんなさい……」

「いいんだ」

私は静かに妻に歩み寄った。押せば今にも倒れそうな妻の肩を支え、近くの石垣に座らせる。

「私も飴屋の男の視点に立ってわかった。香苗。君にはあの墓から現れた赤ん坊が、あまりに——完璧すぎたんだね」

＊

妻の涙はゴーグルのレンズ部分に向かって垂れ落ちていた。つまりあのとき妻は、下を向いていたということだ。

もし妻が女の視点で泣いていたなら、体は墓の中で横に寝ていたため、あのときの私と同じく、その涙は目尻から耳に向かって横向きに流れていたはずだ。それならばレンズは濡れない。

あのシーンで妻は下を向いて泣いていた——ということは、妻が選んでいたのは墓の中の女の視点ではない。墓の上で、腕の中の赤子を見下ろした男の視点だ。

飴屋の男から見る赤ん坊は——実に、愛らしかった。

玉のような赤子。

ベビーシェマ、という言葉がある。人間に限らず、生物の子供には種を超えて愛情を感じさせるとある共通の特徴があるという。それは目鼻の配置だったり、頭蓋骨の膨らみだったり、手足の丸みといったものらしいが、このVRの赤ん坊はそれをまったく理想的な形で体現していたのだ。

計算し尽くされた愛らしさ。

その完成された幼児美は、完璧に妻の心を捉《とら》えてしまった。妻はその作り物の美に心を奪われてしまった。あとで訊いてみると、妻はあの「飴乞幽霊」を観たあと、子供の話題に乗じて私に妊娠のことを告げるつもりだったらしい。過去VR鑑賞中に何回か私に隠れて病院に行ったのは、その告白をサプライズにしたかったからだそうだ。

しかし想像以上にVRの赤子に心奪われた妻は、生まれてくる子供をそれよりも愛せるか急に自信をなくしてしまった。

初妊娠で情緒が不安定だったせいもあっただろう。しかしそのとき妻に生じた葛藤は本物だった。もし現実に生まれた我が子を見て、あのVRの赤子ほどの可愛さを感じなかったら。むしろその理想と現実の違いを見せつけられ、あとには失望しか残らなかったら――。

妻の現実が幻想に侵食されたのだ。そして混乱した妻は、発作的に逃げ出してしまった。現実をなかったことにしようとしてしまった。下手すると中絶さえ視野に入れていた――まるで気に入らない仮想世界のデータを、クリック一つでリセットするように。

妻が落ち着くのを待ってから、私たちはさらに石段を上った。本堂のある高台まで来て、そこの藤棚の下のベンチに二人並んで腰を下ろす。

どこからかキンコンと、涼やかな鐘の音が聞こえた。

「綺麗だね。何の音だろう」

「かんのんね……って、言うみたい」鼻声の妻が言う。「あの桜の木に、ウィンドチャイムが吊るしてあって。その音が、観音様の声明《しょうみょう》と同じ『ミ』の高さに合わせてある、って……」

鎌倉の長谷と言えば大仏が有名だが、その付近にある長谷寺も人気の観光名所だ。「かんのんね」は、そこの本尊である観音菩薩《ぼさつ》にちなんで名付けたものなのだろう。

またこの長谷寺は、「水子供養」の寺としても知られる。それで妻はこの近くに安宿を取り、その迷いを晴らすためにここに通っていたそうだ。私はそのことを、妻が相談していた彼女の友人から知った。最初は白を切っていたその友人も、私が妻の失踪理由をだいたい察していると知ると固い口を開いてくれた。

「水子のお地蔵様を拝みながら、自分を叱っていたの。こんな理由で子供を産むのを止めちゃいけないって。でもどうしても、決心がつかなくて。それで、ずるずると――」

妻が目元を手の甲で拭い、自信なげに腹に手を当てる。

「私……この子を、ちゃんと愛せるかな」

私は遠くで鳴る鐘の和音に耳を澄ませた。

「愛せなくてもいい」

「え？」

「正しくなくていい。正しく完璧になんて、愛せなくてもいい」

私は空を見上げた。西には赤い夕焼けが、小山の木々を燃え立たせるように美しく広がっている。——が、風のない境内には不快な暑さを感じるし、腕や首にはいけ好かない蚊も吸いつく。

「理想は現実と違う。VRの世界は確かに美しいが、それは意図的に作られた美しさだ。香苗、君は前に言ったね。VRを一人で観るのは怖いって。今ならその理由がわかる気がする。確かにあんな理想郷にいたら、誰だって現実が嫌になってしまうだろう。けれどそれは逆に言えば、二人なら戻ってこられるということだ。私は作られた理想より、君がいるこの不自由な現実のほうが好きだ。もし君が本当に子供を愛せなかったら、その分こっちが努力する。だから——」

私はベンチに片手を置く。その傍《そば》にある妻の手を、おずおずと上から握った。

「一緒に……現実を生きてくれないか」

少し間があった。こちらを見る妻の顔は、迷っているというより虚を衝《つ》かれたといった感じだった。

しかしその驚き顔は徐々にほころび——微笑む。

「はい」

私は妻の手を離し、そっと肩を抱き寄せた。

私の胸に静かな喜びが広がった。それは実質二度目のプロポーズ——妻がもう一度この私を、辛《つら》い現実をともに生きる伴侶として認めてくれた瞬間だった。

私は美しい西日に目を細めながら思う。そうだ——これでいい。妻は完璧な妻や母親である必要はないし、私も完全な夫や父親である必要はない。私たちが理想に勝つ必要はない。私たちは厳しい品質テストに合格することが求められるＡＩではないのだ。

人間にそんな完璧さなど——求めては、いけない。

妻が急に腹を押さえ、呟《つぶや》いた。

「あ。動いた。動いたわ、あなた」

私は苦笑する。胎動がわかるにはまだ時期的に早いから、これも彼女の早とちりだろう。そう冷静に分析しつつも、彼女の丸みを帯びた腹に手を当てる。

「……もしかしたら、あれはこの子の声だったのかもしれないな」

「あれって？」

「ＶＲの中で、何度か私を呼ぶ声が聞こえたんだ。パパ、パパってね。てっきり空耳だと思っていたが、もしあれがこの子の叫びだったとしたら……」

妻が両手で口を覆う。

「嘘《うそ》。それってこの子が、あなたに助けを求めていたってこと？　そんな。怪談話じゃないんだから……」

「最初はカーリーの悪戯も疑ったけれどね」

「カーリーにそんな気の利いた冗談は言えない」

「ハハ……。じゃあこれもＶＲの弊害かな。ところで香苗、もうすぐ閉門時間だ。大事な体を冷やしてもいけないし、そろそろ帰ろうか」

「はい。あなた」

私は微笑む妻を支えつつ、ベンチから立つ。

＊

――パパ！

そうして私たちは元の暮らしに戻った。それからまもなく妻は子供を産み、彼女の杞《き》憂《ゆう》は笑い話となった。それは現実にも玉のように可愛い女の子だったから。妻は時折思い出したように何度も我が子を抱きしめては、嚙《か》みしめるように繰り返す。「本当に……早まらなくて、よかった」

——パパ！　パパ！

——おじいちゃん！　ねえ、おじいちゃん！

——ダメか……少し反応があった気がしたんだけど。

——お母さん。僕の声、おじいちゃんに届いてない？

——わからない。でももう少し続けてみましょう。それで何かが変わるかもしれないから……。

その二年後、妻はもう一人娘を産み、私たち家族は四人となった。それからは順風満帆とは言えないながらもそこそこ平穏な家庭を築いた。私たちは完全な親ではなく、子供たちもそれぞれ手のかかる存在だったが、それでも二人の子供は順調に育ち、ついに上の娘には待望の初孫が生まれた。そして……ああ。だがその頃。しかし妻は。香苗。君は——！

——ねえ……観音《みね》お姉ちゃん。もういいんじゃない？　このままで。

――なんで？　琴音《ことね》はパパと、最期のお別れしたくないの？

――したいわよ、それは。でもパパ、すごく幸せそうに笑ってるから。ママが亡くなってから、こんな笑顔見たことなかったでしょ。だからこのまま逝《い》っちゃうなら、それでもいいかなって……。


香苗、君は知らないだろう。君を失うことがどれだけ私の現実を壊したか。それはまるで出来損ないの仮想世界に生きるかのようだった。けれど技術革新というのは素晴らしいね。君の死後、ついにアメリカのベンチャー企業が実用化に成功した――そう、BMI だ！　神経細胞と電極チップの直結で平衡感覚や味嗅覚まで再現可能になったそれは、その没入感たるや従来のVR技術の比ではない。

しかもそこには、記憶のフィードバックという特大級のおまけつきだ。なので私は今、記憶の中の君を、まるで明晰夢《めいせきむ》のように再現できる――。


――そもそも終末期のケアにVRを使わせてあげようって言い出したの、お姉ちゃんじゃない。

――それは、言ったけど……。でもまさか、パパがここまでのめり込むなんて……。

――ねえお母さん。おじいちゃん、無理やり起こしちゃダメ？

いと……。

——ダメよ。この装置は脳に直接つながっているから。自力で自然に目覚めてくれな

そしてまた、君に出会えた。

あのころの記憶と寸分違《たが》わぬ君に。

いつまでもこの夢の世界を繰り返す私に、君は笑って言うかもしれない。「だから言ったじゃないの。一人で観るのは怖いって」——ああ、まさにその通り。けれど許してほしい。君のいない現実を一人で観ることこそ、私には本当の悪夢だった。

だからせめて、最期くらいはまた君と二人で。

人類の果てしない想像力が生み出した、この魔法めいた技術が見せる優しい嘘の世界の中で——。

あの幸せな日々を、もう一度、君と——。

目に見えない愛情

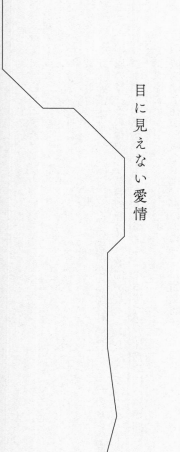

沈丁花《じんちょうげ》の季節だった。リビングの網戸から漂う甘い香り……鳥の声……庭木を揺らす風の音。その穏やかな早春の静けさに敏郎《としろう》がしみじみと浸っていると、まるで一人置いてけぼりになるのを怖がる子供のように、おずおずと沈黙を破る声が聞こえた。

「お父さん」

敏郎は手枕から頭を上げ、声の主のほうに顔を向ける。

「なんだ、今日子《きょうこ》」

「今、寝てた？」

「いや」

「そう……とても静かだったから……お父さんって、私より物音立てないよね。なんだかまるで……ああ、うん。そうか」

声は納得したようにそこで途切れる。敏郎は寝ていたソファから身を起こした。キッチンのほうに顔を向け、問い返す。

「なんだ？」

「きっと私のせいだ」

「何が？」

「私の目が、こんなだから……音しか頼りになるものがないから……それでお父さん、私に合わせて、晴眼者なのに余計な物音を立てないよう気を付けて……それが習慣になって……」

　またか。敏郎はやや表情を曇らせた。もう三十近くになる娘の今日子は、生まれつき目が見えない。性格は楽天的なほうだが、最近何か思うことがあったのか、こうした自虐的な物言いをすることが多くなった。

「そんなことはない。俺は昔からこうだった」

「嘘《うそ》。お父さん、私が子供のころはもっと騒がしかったよ」

「そうか？」

「そうよ」

「覚えてないなあ……」

「家の中、今よりずっと賑《にぎ》やかだったよ。お母さんもいたしね。お母さん、ガチャガチャうるさいから、私、お母さんがしてること音だけでだいたいわかった。夕食のメニューも推理できたよ」

　思い出に元気づけられたのか、声が少し明るさを取り戻す。

「戸棚の上のほうが開く音がするとね、たいていスープ。下のほうだと、丼《どんぶり》ものが出てくる。それね、私、小学生のときくらいかな、気付いて。だから、ご飯食べるときお母さんが、今日のメインディッシュは何、こっちの皿は何って説明してくれるんだけど、私は心の中で、ふふ、知ってますよって――それでたまに、出てくる前に言い当てたりすると、お母さん、とても驚いて」

「そうだったのか。俺は全然気付きもしなかったな」

「お父さんは家事、しなかったから」

「うん……すまない」

「ううん。お父さんは仕事してたんだから――」

娘は笑い、話題を変える。

「あと、思い出すのは匂いかなあ。私が小学校通うようになってから、お母さん、しっかりお化粧するようになったでしょう。それで家の中でもね、お母さんが歩くと、ふわっとこう、ファンデーションや口紅なんかの匂いがして――」

「そうだったか……ああ、そうだったな……」

「あのころから、声も優しい感じに変わった気がする。化粧であか抜けたのかなあ、お母さん。だってあのあたりから、まわりの人からよく言われるようになったもの。『綺《き》麗《れい》なお母さんですね』って。どんな風に変わったんだろう。一目でいいから、私も見たかったな……」

今度は敏郎が押し黙る番だった。娘の母親は、娘が小学校を出るころに病気で亡くなっている。

「……お父さん。一つ訊《き》いていい？」

少し間を置き、娘が言う。

「なんだ？」

「私って、お母さん似かな？」

不意打ちの質問に、敏郎はまた一瞬口ごもる。

「……ああ。似てるんじゃないか」

「今の間は何。それになんでちょっと曖昧なのよ。いいのよ、別に。お母さんほど美人じゃなくても……。ああ、そうだ。写真」

「写真？」

「お母さんの写真、ちゃんととってある？　遺影じゃなくて、できれば若いころの」

「あいつの若いころの写真か」敏郎は顎の無精ひげを撫《な》でる。「どうかな。俺が昔持っていたデータは、ハードディスクが壊れて消えてしまったしな。あいつは写真嫌いだったから、わざわざプリントしてアルバムに残すなんてことはなかったし。自分の写真をネットにあげたりもしなかったしなあ。

まあパスポートの写真くらいなら、あったと思うが……どうして、また？」

「やっぱり見たいな、って思って」

再度敏郎は黙り込む。

「ああ、ごめん。違うの。別に今すぐにってわけじゃなくて——いつか。いつかね」

「いつか？」

「うん。あのね……これは、酒井《さかい》さんから聞いたんだけど……」

酒井さんというのは、娘が世話になっているガイドヘルパーの女性だ。買い物や通院など、外出の用事に付き添ってくれる介護職員である。ＡＩに次々と仕事が代替されるこの時代、福祉・介護職は雇用の受け皿として従事者が増加の一途だと敏郎は人伝手《ひとづて》に聞く。

「酒井さんが言うには、今は技術革新がすごいらしくて。それで海外じゃ、もう『バイオニック・アイ』が実用化され始めてるって」

「バイオニック・アイ？」

「うん——人工の視覚、って言えばいいのかな。目の網膜を、人工的に作っちゃって。その人工網膜で、目の奥に残った視神経細胞を電気刺激するんだって。そうすると、目で見たのと同じ信号が脳に伝わって……」

敏郎は静かに娘の話に聞き入った。人工視覚か。自分が若いころにも似た話はあったが、まだそのころは技術的な壁が高く、実用化は遥《はる》か先だと思っていた。それがまさか、自分の存命中に日の目を見るとは――科学はまさに日進月歩だ。

「日本での認可はまだ当分先だろうけどね。でもその手術を受ければ、この目もいつか使えるようになると思うの。だからそのときまで、お母さんの写真はなるべく残しておいてほしいな、って」

敏郎は指先で畳の目をなぞる。……最近、娘の様子のおかしい原因はこれか。先天的に目の見えない娘は、もとよりそのことを負い目に言うような節はなかった。もちろん苦労や苦悩は多々あったろうが、それを自然なことと受け入れ、目の前の課題にまるでパズルでも解くように挑戦していくその様は、我が娘ながら頼もしさを覚えたものだ。

そんな娘も人工視覚の話を聞き、心が揺れ動いたのだろう。もしかしたら老いてきた親を前に、老後の介護のことなどを考え、もし私の目が見えていれば――などと、つい自責の念に駆られたのかもしれない。

別に自分のことであれば、どうでもいい。だが――。

「どこの国だ」

「え？」

「どこの国で、実用化が始まっているんだ。なにも日本で認可されるまで待つ必要もない。海外で手術できるなら、お前もしてくれればいい」

「ああ……」

カサカサと紙か何かを折る音を立てつつ、娘は曖昧な相槌《あいづち》を打つ。

「国はアメリカとかかな。でもね、当分はまだ無理。仮に手術を受けられるとしても、ちょっとね、高いのよ。費用が。手術だけでウン千万……」

敏郎の胃が、急に石でも飲み込んだように重くなった。

「保険もきかないだろうしね。酒井さんが言うには、もっと『市場』が大きくなれば、いろんな企業が開発競争を始めて、値段も下がるようになるらしいんだけど。なんにしろ、時間がかかる話だから」

折り紙の音が止まった。代わりにぺちぺちと食卓を手のひらで叩《たた》く音がする。「お茶飲む、お父さん？」急須とポットを探しているらしい。

敏郎は立ち上がった。「俺が淹《い》れよう」さきほど自分で茶を淹れたので、急須とポットはリビングのテーブルにあった。敏郎がポットの前に立つと、背後に音もなく忍び寄る娘の気配がする。

まるでエンジン音のない電気自動車のようだな――と、敏郎は一人苦笑する。

娘から湯呑《ゆの》みを受け取り、茶を淹れた。網戸から入る冷たい土の匂いの中に、ほわりと温かい緑茶の芳香が差し込む。

二人でソファに座り、雀《すずめ》のさえずりを聴きながら、隠居した夫婦のように静かに茶を啜《すす》った。

「……今日子」

「何？」

「頑張って稼ぐか、ウン千万」

「どうやって」

娘は朗らかに笑う。

「いいよ、無理しなくて。大丈夫。まだ私は若いんだし。そのうち日本で認可されれば、今度は補助金とかの話も出てくるだろうし。それまでゆっくり順番を待つよ」

そう言って娘は敏郎の肩を叩き、立ち上がった。テーブルを手でこする音を立てながら、網戸のほうへ向かう。

「それにね。正直言うと、自分でも手術を受けたいかどうか、よくわからなくて」

「……怖いのか、手術が？」

「それもあるけど、急に見えるようになって、生活が一変してしまうことのほうが怖いかも。私にとって見えないのは普通のことだし、この『見えない世界』も、これはこれで気に入ってるしね。

でも、選択肢があるのは素敵なことだよね。私はね、お父さん。そういう選択肢ができたこと自体が重要だと思う。だって同じ部屋にいるにしても、外から鍵を掛けられて閉じ込められるのと、いつでも出ようと思えば出られるのとじゃ、全然解放感が違うでしょう？　この時代に生まれて私は幸運だよ。昔の人は、そんな夢さえ持てなかったんだから……」

夢か。

敏郎は天井を向く。見えないことで娘が諦めた夢が、この世にどれくらいあっただろうか。もちろん娘が創意工夫を凝らして今の状況を楽しんでいることはよく知っているし、生活が変わるのが怖い、というのも本音だろう。長年続けた習慣を変えるには誰だって勇気がいる。

だが——親としては、能《あた》うことならば子供の夢の一つくらい、叶《かな》えてやりたいとは思う。たとえば生前の母親の写真を一目見る、といったような。

「その夢……叶うといいな、今日子」

「うん。そうだね、お父さん」

＊

「今日子、喜べ。受けられるぞ、手術」

帰宅して開口一番、敏郎が不意に告げた言葉に、キッチンにいた娘はしばらく無言になった。

やがて小さく、「えっ」と狼狽《ろうばい》の声。続いてガチャンと、包丁を流しに取り落とす音。

「えっと……。お父さん、今、何て……？」

敏郎は久々に苦労して結んだネクタイを外して解放感を味わいながら、自身も浮き立つ声で答えた。

「手術が受けられる、と言ったんだ」

「バイオニック・アイ……の？」

「ああ。俺の元勤め先に、福祉機器の開発部署があってな。そこに転属した後輩から、人工視覚を扱うアメリカの医療ベンチャーを紹介してもらった。なんでも将来的にアジア圏への進出を計画していて、その臨床データを取るためにちょうどアジア人の被験者を募集していたそうだ。お前を実験台に差し出すみたいで癪《しゃく》に障るんだが、まあその分安くしてもらえるというしな――」

堅苦しいスーツから部屋着に着替えつつ説明する。なけなしの伝手を辿《たど》り、ようやく摑《つか》んだコネだった。敏郎の元勤め先は体重計などの健康器具を主に開発する電機メーカーで、その関係で障碍者《しょうがいしゃ》雇用にも力を入れており、医療福祉の業界ともつながりが深い。

「えっと、それって、えっと……」

娘がインコのように同じ言葉を繰り返す。敏郎はキッチンに戻ると、取り乱した娘に代わり、ダダダと滝のようにうるさい蛇口を止める。あたりには魚と濃い醬油《しょうゆ》の匂いが立ち込めていた。煮魚を作るつもりだったようだ。

「……ああ。ごめんね。夕ご飯、今用意するから……」

娘は我に返ったように、パタパタとまたキッチン内を忙しく移動し始めた。目が見えなくとも、勝手知ったる家の中なら日常の家事程度の動作は問題ない。それでも時折ぎこちない衝突音がするのは、娘の心の動揺の表れだろう。突然降って湧いた話に、どう対処していいかわからないようだ。

「でも……安くしてもらえるっていっても、タダじゃないんでしょう？」

「心配するな。うちにも少しは蓄えがあるし、それとあとな、練馬《ねりま》の聡《さとし》さん」

「うん？」

「彼がな、少し用立ててくれた。今日子ちゃんのためなら、って」

「え――聡おじさんが？」

不規則な足音のリズムが止まった。

「どうした？」

「どうしよう。私……」

ガチャリと皿を置きながら、娘が戸惑い気味に言う。

「今、すごく……おじさんに申し訳なくて。だって私、おじさんのこと、冷たい人だなって勝手に思ってたから。あまり話しかけてくれないし、こっちから頑張って話しかけても、なんか返事が鈍くて……」

「ああ。聡さんは、緊張しいだから」

敏郎は冷蔵庫に向かう。

「俺が電話口でお前のことを相談したときも、『ああ』とか『うん』とか煮え切らない相槌ばかりだったよ。だからてっきり聞き流されたのかと思ったが、先日『金の準備ができた』と突然メールが来てな。普段は寡黙なぶん、メールだと饒舌《じょうぜつ》なんだな――」

「……聡おじさんにも、息子さんがいるのに」

声がやや潤む。冷蔵庫を開ける敏郎の背中で、ずずっと洟《はな》をすする音がした。敏郎も胸に温かいものを覚えながら、棚の最上段に手を伸ばす。晩酌好きな敏郎のため、そこにはいつも娘が冷えたビールを準備してくれている。

「お父さん。私あとで、聡おじさんにお礼の電話をするね」

「ああ。そうしろ。……ただもちろん、最終的に手術を受けるかどうかは、お前の気持ち次第だ。今日子は、どうしたい？」

沈黙があった。缶ビールの冷たい感触が、敏郎の指先にじんわりと伝わる。

「……わからない。ちょっと、考えさせてもらってもいい？」

「ああ。もちろん」

「ちなみにお父さんは、どっちがいいと思う？」

「俺だってわからんよ。ただ、せっかく訪れたチャンスだ。挑戦してみるのは悪くない」

敏郎は缶ビール片手に居間に向かった。カーペットを踏んだあたりで足を止め、「おい。テレビを点《つ》けてくれ」と虚空に向かってぶっきらぼうに言う。

途端にテレビが点き、控えめな音声が流れた。最近はこういった音声入力式の家電管理製品が流行《はや》りらしい。ただ初期設定の「架空のキャラクターの名前を呼んで起動する方式」が敏郎にはどうにも照れ臭いので、娘の反対を押し切って「おい」という単純な呼びかけで反応するように設定しなおしている。

敏郎はソファに腰掛け、缶を開けた。

「なんだってやらずに後悔するよりは、やって後悔するほうがいいに決まってるからな。もちろん目が見えるようになっても、お前が必ず幸せになれるとは限らない。もしかしたら目が見えないままのほうがよかったと、後悔することもあるかもしれない……だがそれでも、もしこれがお前の新しい世界に踏み出す一歩となるなら、俺はお前に手術を受けさせたい。親のエゴかもしれないが、選択肢があるなら、お前にはできるだけ選択肢の多いほうを選ばせてやりたいんだ。それはきっと母さんも同じ気持ちだ」

うん……と、涙声が聞こえた。それから「あっ」という焦り声と、ピッというＩＨ調理器の停止音。焦げ臭い匂いがリビングまで漂った。どうやら今晩の祝い料理は失敗作らしい。

敏郎は苦笑しながら缶に口をつけた。それからふと思い出したように、隣室の寝間のほうを振り返る。妻の仏壇のある寝間の方角に向かい、祝杯を挙げるように缶を持ち上げた。そして小さく、頭を下げた。

＊

朝の空気が温《ぬる》む時節となった。庭から漂う沈丁花の香りは弱まり、今は遅咲きの梅の香りがほんのりとリビングを春の風味に染めている。

敏郎が少し遅めに起きて居間に行くと、いつもは足音を聞きつけて「おはよう」と声を掛けてくる娘の挨拶がなかった。——出かけたのか？　訝《いぶか》りつつソファに向かおうとすると、裸足《はだし》の指にさらりと糸のようなものが触れる。

敏郎はぎょっとして足を上げた。娘の髪だった。ソファとリビングテーブルの隙間に寝転んでいたらしい。危うく踏むところだった。

「……どうした、今日子？」

娘はたるんだ声で答える。

「陽射《ひざ》しが、あったかい……」

「閉めるか、ガラス戸？」

「ううん。網戸のままでいい」

寝返りを打ったのか、ゴン、とテーブルの脚に娘の腕か何かがぶつかり、テーブル全体が振動した。

「今日はいい天気だね。元気な子供たちの声が聞こえる……野球だ。あの子たち、野球をやってるんでしょう、お父さん？」

「ああ。そうだ」

敏郎は外に顔も向けずに答える。この家の道路を挟んだ向かいには、フェンスに囲われた小規模な運動場があった。緑豊かな——というより開発の魅力に乏しい郊外のこの町には、そのくらいの空き地がいたるところにある。

娘がもごもごと何かを言った。

「あのね、お父さん……」

「なんだ」

「私……あの子たちと、前に野球したことがあるよ……」

「何？」一瞬寝言かと思い、敏郎は思わず訊き返す。

「家の前、散歩してたときにね……あの子たちに、目が見えないことをからかわれて……それじゃあすごいところ見せてやるよ、って売り言葉に買い言葉で、私、バッターボックスに立って……それで適当にバット振ったら、なんか当たっちゃって……」

クスクスと、足元から思い出し笑いが上がる。

「そしたらもう、ヒーロー扱いで。子供ってそういうところは単純だよね。ねえ、お父さん……私、手術が成功したら、またあの子たちと野球したい。できるかな……」

「ああ。できるさ」

娘の手術の日程は、二か月後に決まっていた。

あれから葛藤はありつつも、娘は手術を受ける覚悟を決めたのだ。それで落ち着かないのか、最近妙に忙しく動き回ったり、逆に今のように腑《ふ》抜《ぬ》けた状態で一日中ぼうっとしていたりする。娘は週に数日、マッサージ師として近所の接骨院に勤めているので、それで仕事に支障が出ていないか敏郎はやや不安だった。しかし特に先方から苦情もなく解雇もされないところを見ると、一応本業のほうはそつなくこなしているのだろう。

敏郎は邪魔な娘を器用にまたぎ、ソファに座った。起き抜けでまだ頭に眠気が残っていた。その眠気と春の陽気に誘われてソファでうつらうつらし始めると、再び足元から、今度はしみじみと感慨にふける声が聞こえてきた。

「お父さん……人間って、すごいね」

「何がすごいって?」

「人間。人類」

「なんだ、急に」

「だってさ。どんなことも諦めないんだもの」

娘が敏郎の足を押しのける。娘はずりずりとカーペットを這《は》いずる音を立てて進み、ガタガタと立て付けの悪い網戸を押し開いた。

穏やかな春の風に乗り、甘酸っぱい梅の香りが運ばれてくる。

「これが野生の動物だったら、全部諦めちゃうところでしょ。目が見えなくなった時点で、ああもう無理だ、これ以上生きられないって。でも人間はそこで諦めずに、見えないってどういうことだろう、この状態で生きていくにはどうしたらいいんだろう、って考えて。考えて、考えて——それで最後はついに、もう一度見えるようにまでしちゃう。そういう人間が、私……すごいなあ、って」

敏郎は瞼《まぶた》を閉じた。鼻腔《びこう》に染み込む花の香りをゆっくりと味わう。

「ああ。大したもんだ」

「もちろん本当にすごいのは、才能のある一部の人たちだけなんだけど。私なんかは毎日、ただ食べて寝て起きて……」

その台詞《せりふ》を自ら証明するように、娘が再び敏郎の足元のスペースに割り込むように寝転んできた。足の甲に、伸び伸びと成長した娘の体重がずしりとのしかかる。

「ねえ、お父さん」

「なんだ？」

「もし手術が成功したら、私一生懸命働いて、聡おじさんにお金を倍にして返したい」

「ああ……」敏郎はやや顔を曇らす。「それは無論、お前の好きにすればいいさ。でもな、今日子。前にも言ったが、そうあまり気負うな。もしお前の視力が回復しても、それはただ、健常者とようやく同じ土俵に立てた、ってだけの話だからな。お前がこれまで三十年近く目が見えずに生きてきたハンデは、どうしたってある」

敏郎はソファに横になった。二度寝してしまいそうだが、年々体が重力に逆らい難くなっていく。

「それに今はＡＩ化で、健常者の失業も増えているしな。聡さんの息子もいい会社に勤めてたんだが、それでリストラを食らって、今は無職で毎日ふらふらしてると――」

「あのね、お父さん」

娘が敏郎の語りを遮《さえぎ》った。

「お父さんは、エンハント――って知ってる？」

「エン……なんだ？」

「エンハント。うん？　あれ、違うな。エンハスト……エンハンス……ああ、エンハンスメント」

「……いや、知らんな。なんだ？」

敏郎が問うと、娘は嬉々《きき》として説明を始めた。

「私も最近知ったんだけどね。エンハンスメントっていうのは英語で、日本語だと……強化、って意味かな。これからの障碍補償技術――義手とか、義足とか、私の人工視覚の手術とか。そういう技術って昔みたいに、ただ『健常者と同じことができるようになる』、ってだけじゃなくて」

「うん？」

「たとえば義手なら、より強い力が出せるようになる。義足なら、より速く走れるようになる……パワーアップ、するのよ。機能が」

「ほう……」

「この前手術の説明を受けたとき、そんな話になって。人工視覚だと、人には見えない紫外線や赤外線とかまで見えちゃうらしいの。それって動物だと、モンシロチョウとかハチドリが見てる世界なのよね。人間でも四色型色覚といって、極まれにそこまで見える人がいるらしいんだけど……。でも、素晴らしいことだと思わない？　手術を受ければ誰でも、蝶《ちょう》や鳥と同じ世界まで自分を広げられるなんて」

敏郎は返答に困った。

「ふうん……そうか。いやしかし、別にそんなものが見えてもなあ……」

「お父さんはロマンがないなあ」娘は拗《す》ねたように言う。「ええと、だったら──ああ、そうだ。犯罪捜査」

「犯罪捜査？」

「うん。警察の人がね、事件現場を調べるじゃない。そのときに紫外線を使って、血痕や指紋とかを調べたりするらしいの。それと同じことができる。

それに、偽造防止技術。日本のお札やパスポートには、偽造防止のために、紫外線に反応する特殊なインクで模様が描かれてたりするんだって。だからさ。もし私の手術が成功して、お店のレジ係として働くことになったとしてさ。そうしたら私、一発で偽札が見抜けるよ。

まあ今はIC化であまり現金は扱わないし、レジもセルフが多いけど……これはあくまで『例』だから。もし私が人工視覚を手に入れたら、そういう健常者にはできないこともできるようになるだろう、って話。決してハンデばかりじゃない、ってこと。逆に視覚以外は健常者より敏感だしね」

敏郎はますます言葉に詰まった。人工視覚なら紫外線や赤外線まで見える。娘はそれが、人工視覚の「エンハンスメント」──追加のメリットだというのだろうか。

せっかく前向きになった娘の気持ちに冷や水を浴びせたくはないが、敏郎には正直、それが大した利点とは思えなかった。それに今の話を聞き、逆に敏郎の中に不安が生じたのも事実だ。「エンハンスメント」という言葉に、感心するより先にどうにもロボットじみたものを想像してしまう。いったいこれは——妻や俺が望んでいた形だろうか。

やはりこの手術は、娘にとってプラスばかりではないのだろうか。

無言の敏郎に批判の空気を察してか、娘が不満そうに言った。

「何よ?」

「いや、何——」敏郎は薄い頭を掻《か》く。「話を聞いていて、なんだかお前が人とは違う、ロボットみたいに思われる気がしてな。それが俺にはどうも——」

「ああ……確かに最初は、そういう反応をされるかもね」

娘の声のトーンが少し落ちる。

「でもきっとそういうのは、本当に最初だけ……人は慣れるものだから。携帯式の電話だって、最初は『公衆向けの固定電話ボックスがあるから普及しない』って言われてたっていうじゃない。でもいつの間にか、生活に欠かせないものになって……技術ってそういうものなのよ。人は新しい技術に最初は反発して、それから慣れるの。

それにね、お父さん——きっとそのうち、私みたいのが普通になるよ」

敏郎は片眉を上げる。

「お前が……普通に？」

「うん。だって今、寿命がとても延びているでしょう。そうすると健常者の人たちもいずれ目や耳が悪くなって、こういう手術を受けるようになる。それでその数が少しずつ増えていって、健常者とそうじゃない人との境目がだんだん曖昧になって……そしていつかは、私たちが多数派になって……」

夢を語る若者のように、娘の声が徐々に熱を帯びる。

「それで今度は逆に、手術をしてない人のほうが『え、まだ普通の目で見てるの？』なんて笑われちゃう。そんな時代が来るのよ。

もちろん、私は笑わないけどね。そんな時代が来ても。私はまだ手術してない健常者の人に向かって、『それだけの世界しか見えてないの？』なんて笑わない。事情があって手術できない人たちを決してからかいもしないし、憐《あわ》れんで同情もしない。それで不便を感じている人に、単純に手を貸してあげるだけ。荷物で両手がふさがっている人の前のドアを、代わりに開けてあげるようにね」

敏郎はソファに横たわったまま、娘の話を聞いていた。優しい娘に育ったと喜ぶ半面、その無邪気に未来を信じる姿に一抹の不安も覚える。確かにそういう時代も到来するかもしれないが……それは来るとしても、もっと遥か先のことではないだろうか。

娘の期待する未来……理想の世界……それと現実とのギャップ……人間社会が越えね

ばならない、技術以外の多くの壁。醜いものが見えなければ世界に希望を抱《いだ》くのは簡単だ。だが視覚というハンデを取り除き、ほかの健常者たちと同じ立ち位置でこの現代社会の矢面に立たされたとき——ある意味見えないことで守られてきた娘の心は、深い傷を受けないだろうか。

大きな希望に裏切られるよりは、まだ小さな不満に甘んじているほうがマシではないのか。

「……寝ちゃった、お父さん？」

娘がそっと自分に声を掛ける。敏郎はそのまま狸寝入《たぬきねい》りを続けた。自分の中にふと浮かんだ疑問。それに即座に答えを見いだせない今は、寝たふりでお茶を濁すしかない。

＊

敏郎は額を力の限りキッチンの床にこすりつけた。空気を通して娘の怒りが伝わる。明るい性格の娘が、ここまで負の感情を露《あら》わにすることは滅多にない。

「どうして。どうしてなの。信じられない……」

敏郎はさらに額を固い床に押しつける。目の見えない相手に土下座は無意味だろうが、こうでもしなければ敏郎の気持ちが収まらない。

「すまない、今日子。許してくれ。俺も悪かったんだ。もっと早く、聡さんからお金を受け取っておけば……」

今日、敏郎は、娘に最悪の報告をした。

妻の弟である聡から受け取る予定の金が、その息子の俊之《としゆき》に使い込まれてしまった——そう娘に告げたのだ。

報告を聞いた娘の衝撃は大きく、この平穏な家で初めて、皿が壁に投げつけられて割れた。

「聡さんからお金を普通に受け取るとな、贈与税とか、余計な税金がかかるというから……。それで免除の方法とか、いろいろ調べているうちにな……」

「その隙に、聡おじさんの息子がお金をかすめて、ギャンブルで全額スッちゃったっていうの？」娘の声が震える。「何よ、それ。ひどいなんてものじゃない。聡おじさん、家族に私のこと話したんでしょう？　お金を何に使うか、俊之さんも知らなかったわけじゃないんでしょう？　それなのに——」

「俊之君の話じゃ、元手を増やしてから、返そうと——」

「ふざけないで！」

ガチャリ、と二枚目の皿が取り上げられる。その音に敏郎は身構えたが、娘がその皿を再び感情のはけ口に選ぶことはなかった。皿は手から滑ったようにがらんと流しのシンクに落ち、代わりにうう、と悔しげな呻《うめ》き声が漏れる。

「そんな馬鹿みたいな言い訳……まともに聞かないでよ。それがもし本当だったとして、どうしてこっちに断りなくやるのよ。おかしいでしょう。絶対ただの言い訳でしょう」

キュッと娘が流しの蛇口を捻《ひね》る。ダダダと水が蛇口から勢いよく流れ出た。気を鎮めようと顔を洗っているのか、バシャバシャとアヒルのバタ足のような派手な水音がする。

「わかるのよ、私。きっと俊之さん、親のお金が自分じゃなくて、私に使われるのが嫌だったんでしょう。なんでうちのお金でほかの家の子供を、って思ったんでしょう。それはわかるし、そう言われたら私だって何も反論できない。だってそれは本当のことだから。おじさんちのお金は自分の子供に使うべきだし、もともとなかったものを結局もらえなかったからといって、私に不満を言う権利なんてない。でも……」

流れる水音に、ダン！　とまな板を拳で叩きつける音が重なった。

「だったらせめて、役に立つことに使ってよ！　そのお金を有意義に使って！　働いてないなら、そのお金で何か商売を始めるとか、資格を取るとか、私の目より価値あることに使ってよ！　そのお金はね、私の目！　私の目の値段そのものなの！　それをギャンブル……ギャンブルなんかで……」

敏郎は苦いものでも飲んだような気持ちで、土下座から頭を上げる。

「今日子……」

「お父さん。私ね、手術ができるって話を聞いたとき、正直嬉《うれ》しかった。私のこれまでの苦労を神様がちゃんと見ていて、そのご褒美をくれたような気がした。でも……違ったのよ。私は神様にからかわれただけ。まるでリードにつながれた犬が、届かないところで意地悪く餌を見せびらかされるみたいにね」

「今日子。お願いだから、自棄《やけ》だけは――」

「もういい。もういいよ。私、もう寝るから。割れた皿は明日片付けるから。近づかないで、そのへん」

そう言って、娘は足音も荒くキッチンを出ていった。バシン、ジャラランと、ドアとそれに取りつけた鈴が、娘の怒りを代弁するかのような耳障りな二重奏を奏でる。

敏郎はその残響が消えるまで、しばらく正座のまま留《とど》まった。

やがて口から深いため息を漏らし、力なく立ち上がる。開きっぱなしの水道をのろのろと止めた。そして重い足取りで、仏壇のある寝間の和室へ、掃除機を取りに向かっていく。

＊

敏郎は娘の部屋のドアを静かにノックした。

「今日子……調子はどうだ……」

　返事はない。だが中から聞こえる音楽が途中で切り替わったので、起きてはいるようだ。

「今日……仕事を休んだそうだな」

「………」

「接骨院から電話があったぞ。今週一度も出勤予定がないが、何かあったのかって。一応、体調が悪いとは答えておいたが」

　再び音楽だけの返事が戻る。綺麗なピアノの曲だが、ヨーロッパの北国のようにどこか寒々しい印象があった。これが今の娘の心境だろうか。

「あのな、今日子」

　敏郎はドアに口を寄せ、言葉に力を込めて言う。

「俺は今日、市役所に行ってきた。福祉向けの融資制度の説明を受けにな」

「………」

「まあそこで借りるのは無理だったが、代わりに担当者の方にいろいろ教えてもらった。今は民間でもいろんな支援団体や制度があるらしいな。中には詐欺まがいのもあるから、そこは騙《だま》されないよう気を付けんといかんが……」

「………」

「だからまあ、諦めず気長に待っていてくれ。きっとなんとかするから。なあに、金は天下の回りものだ。どこかに必ず道はある。いいか、今日子。自棄だけは起こすなよ、自棄だけは……」

少し間を置き、それから敏郎は肩を落としつつ引き返す。日の当たらない奥の廊下は四月でもひんやりと寒く、滞留した空気にはおが屑《くず》のような匂いがほのかに混ざる。

＊

敏郎が帰宅すると、家の中がやけに暑かった。

窓やガラス戸を一日中閉め切ったままだったらしい。娘はまた部屋にこもっているのか。やや憂鬱な気分で玄関を上がると、リビングから音楽が聞こえた。敏郎の表情が少し緩む。今日は出てきたようだ。

ネクタイを外しつつ、むっとサウナのように蒸し暑い部屋に足を踏み入れる。そして努めて明るく言った。

「ただいま、今日子」

「……おかえり」

期待していなかったが、小さく返事があった。敏郎は久々に娘と会話が成立したことにほっとしつつ、窮屈なスーツを着替えるために和室に向かう。

「お父さん」

上着をハンガーに掛けていると、リビングから呼びかけがあった。

「なんだ？」

「どこ、行ってたの？」

「ああ。融資の相談で、会社巡りをしていた。酒井さんに付き添ってもらってな」

「酒井さんも？　一緒に？」

「ああ」

「……何か言ってなかった、酒井さん？」

「何かって、なんだ？」

スウェットに着替える。靴下とワイシャツを手に持ち、和室を出た。洗濯機のある洗面所を目指す。

いつも定位置にある洗濯籠に衣類を放り込み、居間に戻った。いつの間にか掛かっていた音楽が消え、代わりにチーンチーンと、仏具のお鈴《りん》のような音がする。といっても別に娘が仏壇で線香をあげているわけではなく、リビングでガラスのコップを指で弾《はじ》いているだけのようだ。

「……昨日私、酒井さんに失礼なこと言っちゃった」

少し間を置いて、娘が後悔する口調で言った。

敏郎はソファにいる娘の隣に腰を下ろした。外歩きの疲れを深呼吸とともに吐き出しつつ、慎重に問う。

「何が、あったんだ？」

娘は少し黙ってから、言う。

「昨日ね――私、酒井さんに買い物の付き添いの予約、入れてたの」

「ああ」

「でもそれを取り消すのを、すっかり忘れちゃってて。それで酒井さん、家まで来ちゃったから、お茶だけ出して帰ってもらおうとしたの。でも酒井さん、気晴らしに外出しましょう、って強引で。それで押し問答してたら、私つい、怒鳴っちゃって――」

「怒鳴った？　お前が？」

「うん」

敏郎の腰の後ろから、クッションが抜き取られた。恥ずかしさのあまりそのクッションで顔を隠したのか、娘がもごもごとこもる声で言う。

「だって、言われたの。『あなたが元気にしているのが親孝行ですよ』って。そしたら私、親孝行、っていう言葉に、ついカッとなっちゃって――だってしてないもの、親孝行。しようと思ってもできないもの。ただ元気なだけで親孝行？　それが私のできる全部？　私のできる親孝行ってそんなレベル？　って――」

　また感情が昂《たかぶ》ってきたのか、娘の声が若干うわずる。

「じゃああなたは？　あなたにできる親孝行って何？　そんなふうに考えたら、なんだか私、自分の存在自体が親不孝に思えちゃって。それで私、ボロ泣きしちゃって。あなたに何がわかるの。目が見えるあなたに。気が向いたら旅行でも買い物でもなんでもしてやることのできる、何の不自由もないあなたに――って。

　それで私、ついテーブルの時計を投げようとして――」

　敏郎はぎょっとする。

「投げたのか？」

「ううん。安心して。投げられなかったから。摑めなかったのよ。そこにあったと思った時計がないの。たぶん酒井さんにお茶を出したとき、彼女が気を利かしてどかしたんだと思う。まあ、なくてよかったんだけど。でも私、そのこともとても悔しくて――こんなに腹が立っても、私は自宅の物さえ投げられないのか、なによ、なによって。それもあって、もう気持ちがぐちゃぐちゃで」

「ああ……」

　敏郎は居間のテーブルのほうに顔を向ける。手すり代わりにも使えるよう脚を高めにしたリビングテーブルの上には、ボタンを押すと時刻を読み上げる音声時計があった。

娘の子供時代に買ったもので、現代の「おい」と訊《たず》ねれば時刻も天気予報も答える家電管理ＡＩのある時代にはほぼ無用の長物だ。けれど親子ともども愛着のある物なので、インテリアとして飾っている。

「でもね——投げられなくて、本当によかったよ。お父さん」

「そうだな」

「もし投げてたら、今よりもっと後悔してたと思うから。だからね、お父さん。それから私、ずっと自己嫌悪。ひどい八つ当たりしちゃったなあって。なんだろうなあ。昔はこんなことじゃ怒らなかったんだけどな。人は人、私は私って、もっとすんなり諦めがついて……」

ペットでもあやすように、ポンポンとクッションを軽く叩く音がする。

「——きっと私、人工視覚の話を知って、いろいろ欲が出ちゃったんだと思う。いっぱい想像しちゃったから。もし目が見えるようになったら、あんなこともできる、こんなこともできるって。……そう考えると、今と昔、どっちのほうが幸せなんだろうな。そんなことは絶対無理、って諦められた昔と、もしかしたらできるかもしれない、って希望を持たされる今と」

敏郎は口を結んだ。背もたれに寄りかかり、腹の上で指を組む。

「……そりゃあ、今のほうがいいに決まってる」

フフッと笑い声が返った。

「どうかな。それでも無理な希望を持たされるのは、やっぱり酷な話だと思うけど。人間、諦めが肝心……って、アハハ。変だね。私この前と、まるっきり逆のことを言ってる」

よいしょ、と掛け声を発して娘が立ち上がった。ガラガラとガラス戸が開けられる。まるで水槽の水を交換するように、部屋の蒸し暑い空気と外の冷気ががらりと入れ替わった。汗ばんだ肌に当たる夜風の心地よさに、敏郎はつい瞼を閉じる。

「……今日子。お前は今さっき、ただ元気なだけで親孝行、と言ったが、『だけ』ってことはないぞ。『だけ』ってことはないんだ。子供がな、毎日を笑って健康に暮らしてくれている。それ以上の親孝行があるか。

なあ今日子、頼むから自棄にはなってくれるな。お前が自分の生まれた境遇にめげず、一生を幸せに暮らす——それが何より俺と母さんの、望みなんだからな」

これまで何度も繰り返し娘に伝えてきたことを、今また告げた。もう娘も耳にタコができていることだろう。敏郎はもう少しこの言い合いが続くと思ったが、予想に反し娘はもう口答えしてこなかった。ただ庭でジージーと鳴く春の虫の音に耳を澄ますように、穏やかな沈黙を保つ。

やがて娘は大きく息を吐くと、開き直ったように明るく言った。

「うん。わかったよ、お父さん。そうだね。自棄にはならない。自棄にはならずに、なんとか前向きに考えてみるよ……」

＊

敏郎は居間のテーブルの上をまさぐった。それから首を傾《かし》げ、食卓のほうにいる娘に向かって声を掛ける。

「今日子。居間にあったタブレットＰＣを知らないか？」

「ああ、ごめん。今使ってる」

イヤホンを外したのか、音声が漏れ聞こえた。平坦《へいたん》な機械音声だった。音声読み上げソフトを使っているのだろう。

「調べものか？」

「うん。今の接骨院以外に、もう一つくらい仕事掛け持ちできないかな、と思って」

「そうか……」

「でもやっぱりなかなかないね。お父さんの言う通り、健常者向けの求人も少ないみたい。……ああ、それにしても、この音声読み上げソフト使いにくい。いつの間にアップデートされちゃったんだろう。前のバージョンのほうが断然使いやすかったのに」

ギッと娘が椅子を引いた。ペタペタと家具を触りながら、こちらに近寄ってくる。そして敏郎の腕を取り、手の中にタブレットPCを滑り込ませてきた。それを受け取りつつ、敏郎は訊き返す。

「もういいのか？」

「うん。ひとまず職探しは中断。……ああ、それとね、お父さん」

「なんだ？」

「ボイスメール、聞いた。俊之さんからの」

敏郎は無言でタブレットPCを膝に置いた。例の練馬に住む聡の息子・俊之が、今日子が落ち込んでいると聞いて謝罪のメールを送ったという話は聡から聞いている。

「……どう、思った？」

「うん……まあ思ったよりは、ちゃんと反省している感じだったかな」

娘はややぎこちない明るさで答える。

「俊之さんね、ちょうど株とかの金融取引で利益を出してて、そのとき聡おじさんがお父さんと電話しているのを立ち聞きしたんだって。それで儲《もう》かってたから、ついでに私の分も一儲けしようと勝負に出て——そしたら突然、相場が急落して。それで利益を出すどころか、借金まで背負っちゃったって。それでしかたなく、聡おじさんが借金分を返済したらしいの」

またペタペタと周囲を触りながら、娘が食卓のほうへ戻っていく。

「確かにギャンブルはギャンブルだけど、パチンコや競馬に比べたらまだマシかな。お金は聡おじさんに少しずつ返すって言ってるし。声の感じも、まあまあ誠実そうな印象だったし。

　もちろん何もかも許す、って気にはまだなれないけど――でも、もういいかな、って」

　娘が今度はパタパタとキッチンの戸棚を開け始めた。夕食の準備を始めるらしい。少し迷うような間があったあとに、下側の戸が開く音がする。――今夜は丼ものか。

「だってよく考えたら、私は別に何も失ってないもの。最初からなかったものが、やっぱりないとわかっただけ。プラマイゼロよ。ああ――誤解しないでねお父さん。別に自棄になったわけじゃないから。ただ、もうないものねだりは止《や》めようって――」

　娘の台詞が途中で止まる。

「なに？　もしかして泣いているの、お父さん？」

「いや……花粉症だ」

　敏郎は洟をすすり上げるのを止めると、テーブルのティッシュ箱を手探りで引き寄せ、ティッシュを目に押し当てた。そしてブーンと力任せに洟をかむ。

「……強くなったな、今日子」

「でしょう?」娘は得意げに答える。「また一つ成長したのよ、私も。さあ、お父さん。暇なら手伝って。サラダの盛りつけとかお願い。私はご飯の支度はできても、彩りまでは気を配れないから。そこは目の見える人の出番でしょう――」

*

「今日子――」

「うん」

「もう、泣くな」

「うん、うん」

「神様がな、お前を見ているんだ。それでちゃんと、こうして辻褄合《つじつまあ》わせを――」

夕暮れどきのリビングに、三十路《みそじ》近くの娘のむせび泣く声が静かに響く。

親子ともども、まったく予想すらしていなかった援助の手だった。

娘が前に一緒に遊んだという、草野球チームの子供たち。その彼らが、娘の事情を知ってカンパで手術代を募ってくれたというのだ。

またほかにも、酒井さんの協力で支援団体も見つかり、諸々《もろもろ》を合わせて娘の手術は滞りなく行えるようになった。そのことを敏郎が娘に伝えたのが、つい先刻のことである。

話を聞き、娘は激しく泣き崩れた。あれから手術のことなど眼中にないように気丈にふるまっていたが、やはり心の奥底では願い続けていたようだ。その産声のような歓喜の号泣に、敏郎の胸にも深い感慨が押し寄せる。――待たせてすまなかったな、今日子。

「そうだ。お父さん」

娘がハッと、我に返って言った。

「私あの子たちに、何かお礼をしなきゃ」

「ああ、そうだな」

「あと、酒井さんにも。改めてお詫《わ》びと、お礼を――」

「ああ」敏郎は微笑《ほほえ》む。「だがそれはひとまずあとにしよう。まずはお前自身が手術に集中しないとな。いいか、今日子。安心は早いぞ。これでお前が体調を崩したり事故にあったりしたら、元も子もないんだからな」

うん――という素直な返事のあとに、再び荒い呼吸でしゃくりあげる音が続く。

敏郎は庭を向いた。沈丁花に代わり春を告げていた梅も今や表舞台を去り、現在は水仙やバラなど、多様な花々の混じった香りが網戸から漂ってきている。日暮れの訪れとともに強まる虫の音。何十年と聞き続けてきたこの家の静かな暮らしの音に、今、娘の二度目の産声が重なる。

その耳慣れない喧騒《けんそう》に耳を澄ましつつ、敏郎は呟《つぶや》いた。

「手術、頑張れよ。今日子」

「うん。うん」

＊

海外など何年ぶりだろうか。リビングで敏郎が財布やパスポートなどの貴重品を確認していると、チリンとドアの鈴が鳴った。娘だ。静かな足取りで近づいてくる相手に、敏郎はなにげなく声を掛ける。

「いよいよ明日、出発だな。準備はできたか、今日子？」

「……うん」

娘はどこか浮かない声で答え、ソファにいる敏郎の横に腰を下ろした。

その反応に敏郎は引っかかった。なんだ？　海外での手術が不安なのか？

「どうした？」

娘は少しの沈黙のあとに、敏郎の膝に片手を置いた。

「ねえ、お父さん」

「なんだ？」

「私あとで、俊之さんに謝るね」

「俊之君に？　なんで？」

「私さっきまで、部屋で貴重品を整理しながら思い出してたの。これまでのことをね。そしたらなんか……いろいろわかっちゃった」

悟ったような物言いだった。いろいろ……わかった？

「お父さん――」

娘は敏郎の膝に置く手に力を込めた。

「私に嘘、ついたよね？」

敏郎の表情が固まった。

「俊之さんが、ギャンブルでお金をスッたって話――あれ、嘘でしょう？」

敏郎の心臓がどきりと跳ねた。両の眉が上がり、ごくんと生唾で喉ぼとけが下がる。

「……なんで、そう思うんだ？」

辛うじて、声だけ平静に保った。

「だって俊之さん、ボイスメールで言ってたもの。お父さんたちの会話を『立ち聞き』したって」

娘はクイズでも解くように答える。

「でもお父さん、前に私にこうも言ったよね。聡おじさんは『緊張しい』で、電話口ではただ『ああ』とか『うん』とか、相槌を打つばかりだったって。それで私、あれっと思ったの。それじゃあ俊之さん、立ち聞きしても、話の内容がわからないんじゃあ、って——」

そこで娘はやや声を硬くし、改めて敏郎に問いただす。

「どうなの、お父さん」

少しの間、敏郎は返事に迷った。

「……ああ」

諦め、認めた。

「その通りだ。俺が俊之君に頼んで、話を合わせてもらった。だがな、今日子。その、理由なんだが……」

「待って。その先も私に言わせて」

娘が敏郎の弁明を遮る。

「言ったでしょう。私は昔、よくメニューの推理をしてたって。それで今回も、同じように考えてみたの。どうしてお父さんはそんな嘘をついたんだろうって。だって普通に考えて、そんな嘘は必要ないじゃない。盗まれたにしろ失《な》くしたにしろ、私がショックを受けることには変わりないんだから。仮に失くしたのがお父さんのせいだったとして、まさか私に怒られるのが怖くて、俊之さんに身代わりになってもらったわけでもあるまいしね。

だからね、私……逆に考えてみたの」

「逆？」

「うん。つまりね。お金がなくなったから、手術を受けられなくなってしまったんじゃなくて――」

娘は敏郎の両手を取り、その左右を交差させるように入れ替える。

「私に手術を受けさせたくないから、お父さんはわざと『お金がなくなった』って嘘をついた」

敏郎は娘に手錠のように両手首を取られたまま、押し黙った。

「私はそっちが本命だと思うのよ。じゃないとお父さんが、わざわざ他人に罪を被《かぶ》せるなんて真似《まね》はしないと思うから。

でも――じゃあ、その理由って何？　なんでお父さんは私に手術を諦めさせようとした？

もしその理由ができたとしたら、それは絶対に私の手術が決まったあとだよね。だって手術の話を持ちかけたのは、お父さんのほうからだったんだから。だからもしお父さんが心変わりしたとすれば、手術が決定したあとのこと。それで私、そのあとお父さんとどんな会話をしたか、一つ一つ思い出してみたんだ。そこで思い当たった――」

娘が敏郎の両手を解放し、代わりに今度は敏郎の顔に手をやる。

「エンハンスメント——だね？」

敏郎の両瞼を親指で押さえ、からかうように言った。

「お父さんは最初、人工視覚というのは普通に目が見えるようになるくらいとしか考えていなかった。だから積極的に協力してくれた。でも手術が決まって、私の口から人工視覚が実際どのようなものであるかを聞いて……それだといろいろ、今後不都合が生じることに気付いたんだよ」

娘の手が顔から離れた。ギシ、とソファが軋《きし》みを立て、娘がペタペタとテーブルを触る音を立てつつ庭のほうへ向かう。

「でね。ここからは、まったく私の想像なんだけど。それで私、考えてみたの。私が人工視覚を得て、お父さんが困ることってなんだろうって。人工視覚で強化される点といえば、まずは見える光の波長の範囲。つまり紫外線や赤外線。でもそれが見えたからといって……って最初は思ったんだけど、少し考えてから気が付いた。そういえば私、お父さんに言ったよね。あの話の中で——」

カチャリ、とガラス戸の錠を回す音がした。

「紫外線は、犯罪捜査にも使われるって——」

ガラリとガラス戸が、続いてガタガタと網戸が開けられる。今日は涼しかったため一日中ガラス戸を閉め切っていたが、それで空気のこもっていたリビングに新鮮な夜気が入り込んだ。庭から流れてくる夜の匂いを嗅ぎとりながら、敏郎はぐっと膝の上の拳を固く握る。

「人が隠したくなることと言えば、やっぱり犯罪でしょう。私、お父さんに話したよね。紫外線は血痕の検出や、偽札や偽造パスポートの発見にも使われるって。

でもね。さすがに血痕ってことはないと思うのよ。もしこの家でそんな事件があったら、血痕以前に私は臭いや物音で勘付いたと思うから。

じゃあ偽札？　でも偽札作りしてるなら、そもそもお金になんて困らないし……」

ザザッと、コンクリートの上を固い物が滑る音がした。つっかけを足で探し、蹴とばしたのだろう。少し間を置き、庭のほうからパタ、パタと軒下の犬走りをゆっくり歩く音が聞こえる。

「でね。気付いた。ああ、そういえばお母さんの遺品の中に、パスポートがあったなあって――」

その声を、敏郎はひどく遠くに聞いた。

「だから、もし関係があるなら、それかなって。つまり、お母さんのパスポートは、偽物だった。この私の推理は正しいかな、お父さん？」

声が途切れた。敏郎は一瞬口を開きかけるが、すぐに力なく閉じて黙秘を続ける。

「……否定しないってことは、正解ってことでいいね。ってことは――ねえ、お父さん。

私のお母さんって、偽造パスポートで密入国した不法滞在者だったのかな？　それとも、身元を隠さなきゃいけない逃亡中の犯罪者？」

普段は陰りのない娘の声が、珍しく毒気を帯びる。

「まあ、どっちでもいいよ。とにかくあまり大っぴらには言えない素性の人。そうだったんでしょう？

そのことをお父さんは、私に知られたくなかった。でも一つ不思議なのは、それならなぜ、お父さんはパスポートを処分せずに手元に残したか、ってこと。そんな犯罪の証拠品、お母さんが亡くなった時点でもう必要ないんだから、早く捨てちゃえばいいのに。

それで私、もう一押し考えてみたんだ――」

「……何をだ？」

つい、訊き返してしまった。今度は娘が沈黙する。ややあって、答えが返った。

「ねえ、お父さん……私の知っているお母さんは、実は本物のお母さんじゃなかった？」

敏郎は瞼を見開いた。

「私を産んだ母親と、育ての母親が違った？　そう考えると、いろいろと辻褄が合うのよ。

私ね、こんなストーリーを想像してみたの。まず、お父さんと最初のお母さんが出会って、私を産む。でも最初のお母さんは目の見えない私に失望して、私たち家族を捨てて失踪してしまう。失意のうちにあったお父さんは、私の子育てに苦労する中で、不法滞在中か何かで身寄りのない女性と知り合う。そしてお互い相手の境遇に同情するうちに、自然と親しくなり――」

「……………」

「それで人の好《よ》いお父さんは、その女性の面倒を見ることにする。そして彼女の身分証代わりに、最初のお母さんのパスポートはその女性の情報に書き換えられる。もちろん写真も貼り替えてね。

だからパスポートを捨てられなかった理由は、それがもともと本物のお母さんのものだったから。お父さんはまだ最初のお母さんのことが好きだったから、思い出の品を手放せなかったんだね。そしてその事実を私に隠そうとしたのは、私が傷つくことを恐れたから――だってもしそうなら、私は私を産んでくれた実の母親に捨てられたことになるもの。私がこんなふうに生まれちゃったせいで。お父さんはその事実まで私に知られて、私を二重に傷つけたくなかった。目が見えて不幸な事実を知るよりは、見えずに知らないままのほうがいい――そう、判断したのよ」

「今日子。俺は……」

口を挟もうとする敏郎を制するように、娘は矢継ぎ早に言葉を続ける。

「お母さん、途中から化粧するようになった、って言ったでしょう。あれは化粧の仕方が変わったんじゃなくて、まさに人自体が変わっていたからなんだね。

声が変わった感じがしたのもそう。お母さんの若いころの写真がないのはデータが壊れたからじゃなくて、それが別人のものだから。聡おじさんは二番目のお母さんの弟なのかな。だからその身元を引き受けてくれたお父さんに恩を感じていて、手術のお金も用立ててくれたし、息子ともども今回のお父さんの嘘に協力してくれた——きっとお父さんは嘘が下手で、自分一人じゃ私を騙し通せるか不安だったんだね。

でもね。じゃあなんで最近になって、お父さんがまた私に手術を受けさせる気になったかというと——」

春宵の庭を舞台に、娘の独演会は続く。

「私が思うに、理由は二つ。一つはカンパ。予想外にも草野球の子供たちがカンパを募ってくれたせいで、私にごまかしきれなくなったから。そしてもう一つは——私の、成長」

また無自覚に敏郎の口が動いた。

「お前の……成長？」

「うん。私、これまでいろいろあったけど、結局最後は立ち直ったでしょう。それでお父さんは安心したんだよ。もし私が本当のことを知っても、もう大丈夫だって。今の私なら受け入れられるって。それでお父さんはまた考えを変えて、手術の話を再開した——それが、今回の顚末《てんまつ》の真相」

娘が話の幕を下ろす。声が途絶えると、その沈黙の奥から虫の音がまるで潮騒《しおさい》のようにジジジと湧き上がった。

庭の軒下にある、娘が植えたプランターのラベンダーの香り……野草の青臭い匂い……体に馴染《なじ》んだソファに深く沈み込む敏郎を、長年慣れ親しんだ我が家の変わらない静寂が慰撫《いぶ》するように包み込む。

「どう、お父さん？」

やや間を置き、敏郎は答えた。

「ああ」

「ああって何。正解？　不正解？」

「正解だ」

「でしょう？」

「よく……わかったな」

「ふふ」

娘は喉で転がすように笑い、またガタガタと網戸を閉めて部屋に戻る。

敏郎は背もたれから身を起こした。前屈《まえかが》みになり、指で鼻梁《びりょう》を挟むように強くこする。

「今日子。昔からお前はよく勘の働く、想像力の豊かな子だったよ。だが……これだけは覚えておいてくれ。目が見えるようになったからといって、決してそれだけで薔薇色《ばらいろ》の未来が待っているわけじゃない。中には見えないほうがよかったと、後悔することもあるかもしれない……」

「うん。大丈夫だよ、お父さん。覚悟はできているから」

「本当か」

「うん。たとえ何があっても、私は受け入れられる。私に母親が二人いるという事実も」

「そうか。それを聞いて安心だ。俺は親のエゴで、お前に手術を受けさせようとしているんじゃないかという心配が少しあってな……」

敏郎は貴重品袋を手に立ち上がった。庭に背を向け、仏壇のある寝間に向かう。

「詳しい話は、お前の手術が終わってからにしよう。さあ、今日子。謎解きは終わりだ。これからは余計なことは考えず、手術に集中するんだ」

「うん。でも、話してよかった。おかげでなんかいろいろすっきりした。今夜はよく眠れそう」

「そいつはよかった。それじゃあな、おやすみ……今日子」

「おやすみ。そしてありがとう、お父さん」

敏郎は片手を上げ、隣の和室に入る。すぐにちりんと、娘がリビングを出ていくドアの鈴の音が聞こえた。敏郎は線香の匂いが漂う仏壇に向かい、一人静かに手を合わせる。

＊

「ああ、やだ……ドキドキする」

「もう視覚のテストは済んだんだろう」

「うん。でもあれは、まだ手術室の中だったし。それに手術直後で頭も朦朧《もうろう》としてたから、どんなだったかあまり覚えてないの。だから実質、次に見えるこの病室が、私がこの世界で初めて見る景色」

ベッドの上の娘が、興奮を抑えきれない口調で言う。

手術後の、病院の個室の中だった。アメリカに渡り、慣れない数日間の病院生活のあとに始まった娘の手術は、無事成功した。今は術後の休養のために個室に戻り、親子水入らずの時間を与えられたところである。

敏郎は複雑な思いで手の中のスイッチを握りしめた。そのスイッチは車のキーくらいの大きさで、中のボタンを押すと娘が掛けた眼鏡のカメラがオンになり、そのカメラが娘の目に埋め込まれた人工網膜に情報を送って、脳に映像を結ぶ——という仕組みらしい。ボタン一つで娘の視界がオンオフされるという点に、どうにも機械じみたものを感じてしまう。

しかし敏郎は頭を振ってその違和感を振り払った。そんなものは慣れだ。

敏郎はスイッチを掲げ、娘に言う。

「よし。じゃあ今日子、スイッチを入れるぞ」

「ああ、待ってよ。お父さん」途端に非難の声が上がった。「もう少しもったいぶってよ。部屋の電気を点けるんじゃないんだから……。心の準備をさせて」

「早くしてくれ。俺もな、早く確認して安心したいんだよ。お前が本当に見えるようになったかどうか」

敏郎は焦《じ》れた。親のほうが落ち着かないのがおかしいのか、娘がクスクスと笑う。

「大丈夫だよ、お父さん。手術は成功したんだから……。うん、よし。じゃあお父さん、カウントダウン、行くよ。三、二、一——」

ゼロ、のタイミングよりややフライング気味に、敏郎はボタンを押した。

その瞬間、はっと娘が息を呑む音が聞こえる。敏郎も固唾を呑んで娘の反応を待つ。

「……どうだ、今日子？」

「——」

「今日子？」

「すごい」感嘆の声が漏れた。「すごい。すごい。なんて明るいの。それにいろんな色であふれている。あれが窓だよね、まぶしい。上にも光が見える……ああ、あれが電灯か。まわりにあるのは……壁。壁だね。近いのかな。遠いのかな……」

まだ距離感が摑めないのだろう。喜びに躍る声音の中に、かすかに怯《おび》えの色が混じる。娘の視覚障碍は先天性のため、目が見えるようになっても、距離感や形、個々の物体の認識ができるようになるまでにはやや時間がかかるだろうと医者には説明されていた。娘がその新たに享受した感覚をものにするのは、もう少しあとのことに違いない。

それでも娘は、その状況を心から楽しんでいるようだった。まるで生まれたての赤子がそうするように、周囲の物をペタペタと触り、コンコンと軽く叩き、スリスリと表面をさすって撫で回す。

「枕だ。こんなふうに凹《へこ》むんだ……。これが、シーツの色？　病室のシーツは白だよね。白ってこんなに白いんだ。この枕元にあるのが花瓶。これが花。ああ、色がいっぱい……お父さん、この花の色は何？」

「その花の色か」

敏郎は娘の問いを復唱し、ゆっくりと顔を上げる。

そして答えた。

「すまない。俺にはわからん」

「え？　わからないって――」

冗談だと思ったのだろう。娘が小さく笑い声を立てた。そして手を伸ばして敏郎の腕に触れる。

その手が確かめるように、敏郎の腕、肩、首、頰とゆっくり這い上った。やがて二つの手のひらが、敏郎の顔をそっと丁寧に挟み込む。にらめっこのような間がしばし続く。だが、生来の勘の鋭さが違和感に気付かせたのだろう。少し遅れて、娘が再度驚きに息を吞む音が聞こえた。

娘の震える指が、敏郎の両の瞼をまさぐった。

「嘘。ああ……そんな……」

敏郎は静かに言った。

「黙っていて、すまない」

「ごめんなさい……ごめん……」

「子供のころのお前を、不安にさせたくなくてな」

「ごめん……まさか私、私……」

「大人になったら言おうと思ったが、その機会を逃してそのままずるずると……。まあ二人だけの暮らしで、ことさら悪いニュースを増やす必要もなかったしな」

「私……まさか……お父さんまで……」

　娘の声が上ずる。

「目が……」

　敏郎は娘の手を取り、そっと相手の胸元あたりに押し戻した。

「今日子。悪いがお前の推理は大外れだ。確かに俊之君には罪を被ってもらったが、その理由はお前が考えるほど複雑じゃない。単純に俺が金を騙し取られたんだ。俺の目が見えないのをいいことに、税理士を装った詐欺師に手玉に取られてな」

　娘が過呼吸のように嗚咽《おえつ》を上げ始める。敏郎はシーツをたどって娘の体を見つけ、その背を撫でた。

「だがそれを正直に話すと、俺の目のことがお前にバレてしまうだろう。するとお前の性格だ、絶対にこっちに先に手術を受けろと言い出すに決まっている。俺はまだお前に手術を受けさせる気でいたから、どうしてもこの目のことは隠しておきたくてな。それで勘の鋭いお前を騙すために、俊之君らに協力してもらったというわけだ。

　しかしお前もずいぶん想像の羽を広げたね。まさかあいつが、犯罪者で偽者の母親にされてしまうとは……。安心しろ。お前の記憶にある母親はお前の実の母親だし、俺の妻はあとにも先にもあいつしかいない」

娘が堰《せき》を切ったように泣き出す。敏郎は変わらずその背を撫で続ける。

「あいつが化粧をしっかりし始めたのは、たぶん俺の視力がほぼなくなったからだな。化粧の匂いで俺が居場所に気付くようにと、あいつなりに気を遣ったんだろう。声が優しくなったのは俺たち二人の身を案じてだ。まあ結局そういうあいつが、一番体が弱かったんだが……。

ただ一つ、お前に手術を受けさせるかどうか、悩んだのは事実だ。この通り俺は健常者の世界を知らないからな。はたして目が見えるようになって、お前が本当に幸せになれるかどうか。俺にはそれが何とも言えなかった。

だからな、今日子――これは結局、親のエゴなんだ。お前を勝手に産み、勝手に治したいと思う親のな。だがお前なら、この先どんな困難があろうと乗り越えられると信じているよ。お前の『成長』など待つまでもなく、俺は最初からお前の強さを信じている。

そんなわけだから、今日子。お前がこの手術のことで俺を恨みこそすれ、後ろめたく思うことは何一つない。さあ。もう泣くな。せっかく作った目が、またすぐ手入れが必要になるぞ……」

ゴツン、と固いものが敏郎の顎に当たった。敏郎はそれに優しく手を置く。張りのあるしなやかな髪……肌の温《ぬく》み……その匂いに、敏郎は昔の妻を懐かしく思い出した。娘ははたして母親似だろうか。

自分は幸せ者だ、と敏郎は思う。なぜなら親としての願いを果たせたのだから。妻も弱視者で、弱視者同士の結婚は周囲からはあまりいい顔をされなかった。生まれた娘が自分たちより目が見えないと判明したとき、妻はどれだけ自分を責めたことか。

だから敏郎が今一番この成功を報告したい相手は妻だった。人類のこの長い歴史の中で、過去どれだけの親が自分たちと同じような境遇に陥り、我が子の不遇を嘆いただろう。どれだけの親がその子の行く末を思って胸を痛め、謝罪しただろう。その親たちの痛惜の念が見えない力となって社会を動かし、ついに人類をここまでたどり着かせた――そんな気さえした。今、娘が人工の目を手に入れたこの瞬間に、その親たちの快哉《かいさい》を叫ぶ声が聞こえたような気がしてならなかった。

妻も――喜んでいるだろうか。

敏郎は繰り返し娘の髪を撫でつつ、満たされた思いで言った。

「なあ、今日子……確かにお前の言う通り、人間はすごいな。こんなことまでできるようにしてしまうのだから。まあもちろん、これですべてが解決したわけではないが……これからもお前の苦労と努力は続くと思うが……だがとにかく、これがお前の人生に間に合ってよかった……間に合ってよかった……」

ベーシックインカムの祈り

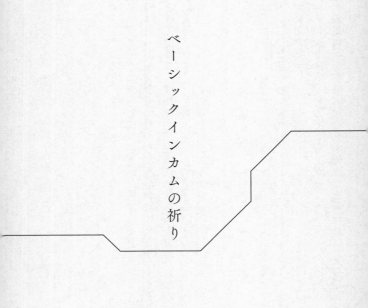

庭で土弄《つちいじ》りをしていると、急な来客があった。

門脇の赤いハナズオウの枝越しに、年老いた男性の姿が見える。品のいいグレーのコートに、英国紳士のような中折れ帽。その西洋かぶれの格好に見覚えがあった私は、反射的にあっと叫んで腰を上げかけた。途端にバランスを崩し、ドシンと尻もちをつく。

男性が私に気付いた。

一瞬迷う素振りを見せたあと、門扉に手を掛ける。ギィと音を立てて扉が開いた。男性は遠慮がちに敷地に入ると、ゆっくりとこちらに近づき、女性を気遣うのは紳士の嗜《たしな》みだとばかりに、倒れた私に節くれだった手を差し伸べてくる。

「——手伝おう」

私はその手をじっと見つめた。

「いえ……大丈夫です」

近くの鉢植えの縁を摑《つか》み、自力で立ち上がる。

まず右足の義足に手をやり、留め具の締まりを確認した。それからゆっくり尻の土を払う。平静を装いながらも、頭の中では様々な疑問が洗濯機のようにグルグル渦を巻いていた。――なぜ今、彼がここに？　この不意打ちの訪問の意味は？　ここで彼が私に会いに来た目的は？

私はどのように、対処すべきか。

男性が帽子を取った。潰れた白髪を手でざっと直してから、小さく頭を下げる。

「突然訪ねてきて、すまない」

「いえ……」

「来る途中、何度か携帯に電話したんだが。休憩中だったかな？」

「ああ……それはすみません」

私は振り返り、ところどころ瓦が欠け落ちた貧相な我が家を見やった。

「午前中はずっと、庭に出ていたもので。携帯は居間に置きっぱなしなんです。特に今の時期は、催促が怖くて」

「催促？」

「はい。どうしましょう。締め切りが三日後なんですが、まだ三ページしか書けていないんですよ。六十ページの短編の依頼なのに」

男性は一瞬きょとんとしてから、笑った。

「そうか、原稿の――悪いな、忙しいときに」

「いいえ」

私は足元のシャベルやバケツを手早く片付ける。

「いいんです。その筆が進まなくて、結局こうして庭を弄っているんですから。それより教授のほうこそ、今日はどうしてこんな東京の西外れまで？　遠出の散歩ですか？」

さりげなく探りを入れてみるが、教授の表情に変化はなかった。年季の入った皺深《しわぶか》い穏やかな笑みからは、どんな悪意も敵意も読み取れない。

教授は賢い犬のような瞳でしばし私を見たあと、もごもごと言った。

「うん、まあ……そんなところだ」

「でしたら、どうぞ中へ」

猜疑心《さいぎしん》を偽りの笑顔で隠しつつ、私は玄関に向かう。

「今、お茶を淹《い》れます。一休みしていってください。女やもめの侘《わ》び住まいなので、大したおもてなしもできませんが」

＊

コーヒーか緑茶か訊《き》こうとして、思いとどまった。教授の研究室に立派なコーヒーメーカーがあるという話を思い出したからだ。亡くなった恩師の形見らしいが、そんなこだわり派の教授に安いインスタントを飲ませて、わざわざ気まずい思いをさせる必要もない。私は独断で緑茶を選び、キッチンの戸棚で埃《ほこり》を被《かぶ》っていた客人用の湯呑《ゆの》みを久方ぶりに取り出す。

教授が仏壇に手を合わせ、居間に戻ってきた。窓の外を見て言う。

「いい庭だ」

茶葉を急須に入れながら、私は謙遜して答える。

「伸び放題です。気が向いたときに手を入れているだけなので」

「しかし、調和がある。意図的に自然の状態に近づけているな。英国式ガーデニングだ。変に人工的な庭より、私もこちらのほうが好きだ」

「……わざわざ庭を自然に近づけなくても、すぐ隣に自然の野山がありますが」

私は照れ臭さについ顔を赤らめた。どんな相手だろうと、丹精込めて育てた庭を褒められるのは嬉《うれ》しいものだ。俄然《がぜん》私のもてなしの手も張り切るが、困ったことにここしばらく買い物を億劫《おっくう》がっていたせいで、ろくな茶菓子がない。

教授が居間のソファに座り、小さく洟《はな》をすすった。

「あの短編に出てくる庭のモデルは、やはりこの君の家かね。ほら、視覚障碍《しょうがい》の女性が出てくる……」

「沈丁花《じんちょうげ》はないんですけどね」

私はやや驚き気味に答える。

「教授、私の小説を読んでくださったんですか？」

「小池《こいけ》くんから聞いて、早速雑誌を取りよせたよ。君も薄情な教え子だ。作家デビューしたことを恩師に報告もしないとは」

「デビューと言っても、まだ短編がいくつか雑誌に載っただけで……。本は一冊も出ていませんから」

小池くんというのは、教授のゼミに所属する大学生だ。縁あって私とも面識がある。私は悩んだ末、先日友人から頂いたマドレーヌを出すことにした。私は裏庭にささやかな家庭菜園を作っているが、そこで採れた野菜を都会暮らしの友人に配ると想像以上に喜ばれる。このマドレーヌも、そうして配った野菜が有名店の逸品になって戻ってきたものだった。これなら紅茶のほうがよかったかなとも思うが、今うちにある紅茶は人工甘味料入りのスティックタイプのものだ。今はコーヒー派に転じたようだが、英国びいきの教授はもともと紅茶派だった。それはそれで出すのは気が引ける。

「あの短編たちは本にはならないのか？」

「一冊の単行本にするには、まだ少しページが足りないらしくて。あともう一編か二編、必要だそうです。それに短編集はあまり売れ行きが良くないので、出版社も出し渋るそうで……」

「出版不況か」

「それもありますが、単にバラバラな短編をまとめただけだと、本としての『売り』がないので売りにくいそうです。売れっ子作家ならそれでもいいんでしょうけど。私みたいな無名の新人だと、たとえば『怪談話』など明確なテーマがあるとか、連作短編のような形で互いに関連しているとか、何か短編集としてのまとまりがないと……」

「ふうん。だが、これまで君が発表した四つの短編には、共通したテーマがあっただろう?」

戸棚から菓子皿を取ろうとした、私の手が止まった。

教授はのんびりと茶を啜《すす》りながら、続ける。

「人工知能《AI》。遺伝子工学。人工現実《VR》に人間強化《エンハンスメント》――どれも近未来に実現可能とされる、あるいはすでに実用化しつつある技術だ。

君の短編はどれもそういった技術を扱っている。といっても、君は単に近未来技術のカタログを作りたかったわけではない。君の真の狙いは、その先。当の技術が引き起こす、人々の意識の変化の描写だ。

人類史上類を見ない大テクノロジー革命の嵐が、今の社会常識や価値観・道徳観に、どう影響を及ぼすか。君はその『人間の変わりよう』を、描きたかったんだ」

教授の優しいバリトンの声を、私は懐かしい思いで聞いていた。

まるで幼いころの記憶の片隅に残る、思い出の曲でも聴くような。――そう。私はこの声が好きだった。人間への信頼に満ち、人類の希望あふれる未来を力強い信念で語っていたこの声が。

教授の訪問意図が明らかになるまでは、あまり心を許さないほうがいい。それはわかっている。けれど不意打ちのように胸にじんわりこみ上げるこの温《ぬく》もりを、私はどうにも抑えきれない。

「……はい。ありがとうございます、そこまで読み取って頂いて」

声の震えを隠しつつ、なんとか答えた。

「確かにそういう意図はあります。ですが、そんな深読みしてくださるのは教授くらいです。そもそも小説の内容が内容なので……」

「私には小説のことはよくわからない。君の真意に気付けたのも、過去に君の論文の面倒を見てきた経緯があったからだろう。まあ、そのあたりはともかく――私が言いたいのは、そんなふうに君を知る私だからこそ、あれらの小説にはいくつか不満があるということだ」

「不満……と、言いますと？」

「一つは――いや、これは後回しにしよう」

教授がかゆそうに目をこする。

「何よりまず初めに君に確認したい。君はなぜあれらの短編に、あの題材を選ばなかったのか？」

「あの題材？」

「君が卒論で挑んだ例のやつだよ。なぜあれを無視した？　近々人類史に起こる大きな変化という意味では、あれほど欠かせないものはないというのに」

胸の温もりが、また徐々に冷めていくのがわかった。

その落胆の気持ちを振り切るように、私は急須に手を伸ばす。給湯ポットの湯量を確認したところで、中身が空なことに気付いた。補充を忘れていた。ポットに水を注ごうとし、思い直して水を入れたやかんを直接火にかける。少量ならこのほうが早い。

「教授がおっしゃるのは……ベーシックインカム、のことですか」

「それ以外、何があるかね？」

ベーシックインカム。

最低給付保障。国民の一人一人に、最低限の生活ができるレベルのお金を一律無条件に給付しよう、という社会保障制度のことだ。

生活保護に似ているが、両者は似て非なるもの。生活保護では収入が一定額に足りない世帯にのみ差額分が支給されるのに対し、ベーシックインカムでは「収入に関係なく、全員一律」に支給されるという特徴がある。

たとえば最低保障額が月10万円だとして、その月に3万の収入があれば残り7万、5万の収入があれば残り5万が支給されるのが生活保護だ。この場合、収入総額は10万で変わらず、生活保護では「働いても働かなくても収入はほぼ同じ」という結果に陥りやすい。そしてこの状況がたびたび受給者の労働意欲をそぐ悪因となっている（福祉《ウエルフェア》・罠《トラップ》と呼ばれる）。

それに対し、ベーシックインカムでは働いた分はすべて追加で自分の収入になる。なのでこのような問題は起こらない。また生活保護では受給対象者を選ぶのに厳しい資産調査（ミーンズテストと呼ばれる）が行われるが、その調査手続きのコストが結構かかるのに対し、ベーシックインカムでは「一律無条件に」給付するのでそういった選別のためのコストは発生しない。くわえて「全国民が対象」であるため、「生活保護を受けるのは恥」といったような受給者のプライドが傷つけられる問題——これはスティグマと呼ばれる——も生じない（もちろん「不正受給」などは起こりようがない）。

ここだけ聞けば、いいとこ取りのような制度だ。だが——。

「ベーシックインカム……ですか」

やかんの底から火がはみ出さないようコンロの火力を調節しながら、私は答える。

「確かに、少し頭をよぎりましたが……なんだか今さら、という気もしまして……」

「今さら？」

――ベーシックインカムは、決して目新しい発想というわけではない。

古くは十八世紀、トマス・ペインとトマス・スペンスという二人の英国出《で》の思想家が、人類の共有財産である「土地」から得る利益を等しく国民に分配するという、ベーシックインカムの原型とでもいうべきアイディアをそれぞれ提唱した。その発想はその後の学者たちにも連綿と受け継がれ、二十世紀前半のクリフォード・ヒュー・ダグラスの「国民配当」や同後半のミルトン・フリードマンの「負の所得税」など、姿形を変えつつ何度も繰り返し議論されている。

日本でこの語をよく見かけるようになったのは、2008年のリーマンショック以後だろうか。特に2020年ごろからのコロナショックで困窮者が急増したためか、一部で盛んに議論されるようになった。だがそのコロナ騒ぎも過去のものとなった今、議論は下火になりつつある。思うにベーシックインカムの議論は、経済危機とセットで繰り返されるものらしい――喉元過ぎれば熱さを忘れるというのは、いつの時代の人間も変わらない。

「今さら、ということはないだろう」

教授はお気に入りの野球チームをけなされたかのように、口をへの字にした。

「むしろ本番はこれからだ。ベーシックインカムの概念が生まれて数世紀、社会はようやくその革命的なシステムを受け入れる準備を整えつつある。どんなに有用でも、新しいものが社会にその真価を理解されるまでには評価の浮沈を繰り返すものだ。まさにＡＩがそうだったようにな」

私はやかんの口から上る湯気を見つめる。評価の浮沈——ブームの浮き沈み。教授の言う通り、確かにＡＩには何度もブームの波があった。第一の波はダートマス会議で「ＡＩ」という言葉が生まれた１９５０年代の黎明期《れいめいき》、第二の波は１９８０年代の「エキスパートシステム」に代表される知識推論の時代。

どちらも当初は革新的な技術としてもてはやされたが、すぐに実用的限界に突き当たり、ブームは収束した。もし第一や第二の波の終わりにＡＩの話を持ち出したら、「何を今さら」と一笑に付されたことだろう。けれどその後、２０００年代にニューラルネットによるディープラーニングという画期的なブレイクスルーが生じると、爆発的に社会に広まったのは周知の通りである。

もしかしたらベーシックインカムも、そういったブームを繰り返して徐々に社会に受け入れられていくものなのかもしれない。

しかし——。

くしゃん、と教授が子供みたいなくしゃみをした。私は振り返り、ティッシュ箱の位置を教えようとして、教授の腕にきらめく大振りの腕時計に気付く。高そうな時計だ。英国ブランドだろうか。

「花粉症ですか？」

「ああ」

「いつから？」

「もう五年くらいになる。今年は特にひどくて、この通り薬が手放せない。この時期は研究室の窓も閉めっぱなしで、空気清浄機もフル回転だ。おかげでかろうじて目と鼻は利いているが」

花粉症の薬だろう。教授の手元には、目薬のケースと頓服薬の袋が置いてあるのが見えた。お辛《つら》そうですね――という労《いたわ》りの言葉を飲み込み、私はあえて薬のことには触れずに、無機質な話題を振る。

「空気清浄機、買ったんですか？」

「いや、卒業したゼミ生の一人が、引っ越しで不要になったものを寄贈してくれた。ドローン型のやつでな。自分から部屋中を飛び回って花粉を回収してくれる優れものだ。脱臭効果も高いため、部屋の香りまで吸い取られてしまうのにはやや参ったが」

その話は小池くんから聞いていなかった。私は昔の研究室を思い浮かべる。ベーシックインカムの提唱者である二人の英国人に影響されたのか、教授の研究室にはヴィクトリアン調の趣があった。教授にはまさに英国人のごとく紅茶を飲む習慣もあったため、室内にはいつも優しい紅茶の香りが漂っていたことを郷愁のように思い出す。

だが——そんな古風な研究室にもいつしか空気清浄ドローンが飛び回り、教授の嗜好《しこう》も紅茶からコーヒーに変わった。時代は変わるのだ。

教授の高そうな腕時計に目をやりつつ、逆に訊き返す。

「……教授は本当に、この日本でベーシックインカムの制度が成立すると思いますか？」

教授が自力でティッシュ箱を見つけ、手を伸ばす。

「する、しないの問題ではない。そうせざるを得ないだろう——日本が、というより、これからの国家すべてが」

「福祉国家がこれからの主流、というわけですか」

「福祉は目的ではない。手段だ。国が国力を損なわず持続的に発展する社会を目指すとしたら、必然、福祉は充実させねばならないということだ。

だが病人の面倒を見るには、それ以上に健康な人々が必要だ。今問題なのは、その健康人でさえ生活の足場を失いつつあるという現実。社会から雇用が喪失されつつあるのだ。

この問題はつまるところ、生産性の問題に帰着する。ＡＩに代表されるテクノロジーの進展で、現代の生産性はうなぎのぼりとなった。しかしその一方で、雇用数はそれほど増えていない。生産性の上昇に雇用が伴わない——いわゆる『グレート・デカップリング』だ。

生産の現場が年々人を必要としなくなっているのだ。しかしそれは言い換えれば、雇用せずとも生産できる時代が来ているということだ。ならば従来の労働観から脱却し、人々が雇用という形をとらずとも、余剰な生産力の恩恵を受けられる制度を国家は模索すべきだろう。でなければ跳ね上がる失業率のもと、激減する国内需要で自国経済はいずれ破綻する」

「その最悪なシナリオを避ける方策の一つが、ベーシックインカム……というわけですか」

「そういうことだ」

私は冷蔵庫から、頂き物のマドレーヌの箱を取り出す。

個包装されたマドレーヌは、フィルムの内側が少し結露していた。常温保存すべきだっただろうか。食べる予定がないものはつい冷蔵庫にしまってしまうのが私の悪い癖だ。冷やしすぎて固くなっていないか、ここにきて不安になる。

――ベーシックインカムが今でも根強く議論される背景の一つには、ＡＩを始めとするテクノロジーの台頭がある。

ＡＩが職を奪う、と言われて久しい。実際企業ではデジタル《D》トランスフォーメーション《X》が進み、単純作業の肉体労働ばかりか、事務作業などのホワイトカラーの職務も無愛想な演算処理装置に置き換えられつつある。

この手の失業は、経済学では「技術的失業」と呼ばれる。テクノロジーが人の仕事を失《な》くすからだ。

ただこの場合、従来の経済理論では失業は一時的なもので、雇用問題はいずれ解消するというのが定説だった。なぜなら新技術が新たな市場を生み出し、そちらへの「労働移動」によって新たな雇用が発生するからだ。

それがそうでもないぞ、と言い出したのがＭＩＴ出身の二人の経済学者、エリック・ブリニョルフソンとアンドリュー・マカフィーだ。彼らは近年のアメリカの生産性と雇用の伸びを調べ、その生産性の向上に必ずしも雇用が伴っていないことを指摘した。この現象が先ほど教授の言った「大いなる乖離《グレート・デカップリング》」である。

その考えのどちらが正しいかと言えば——現時点では、どちらも当たらずといえども遠からず、といったところだろう。介護や教育など、対人性が重視される業種ではいまだに雇用のニーズは高いし、ネットの利便性を活《い》かしたギグエコノミーやＶＲビジネスなど、新しい形態の市場も生まれている。一方で社会が生産する富の大部分はＡＩ化の進んだ一部の超大企業に寡占され、そこから締め出された人々は残りの富を分け合う形になり、どうしても賃金低下の圧力は強まる傾向にある。

何にせよ、ＡＩが人間の「聖域」を侵食しつつあるのは間違いない。決してＡＩには到達できない領域がある、と無条件に信じるのは浅はかだ。これまでの人類の科学史が示す通り、「今できない」ものは「いずれできるようになる」可能性を常に秘めているのだから。

……となれば、やはり教授の言う通り、私たちはそのAIによる生産性の恩恵とやらを公平に分かち合う制度を、そろそろ真剣に検討すべきなのかもしれない。そしてベーシックインカムがその有力な手段の一つであることには、私も異論はない。

けれど――。

そこで湯が沸いた。しゅんしゅんと音を立てるやかんの火を止め、取り上げる。そのまま急須に湯を注ぎ、余った分は給湯ポットに移して水を追加した。急須の中で膨れ上がる茶葉を見て、やや量が多すぎたことに気付く。二人分の匙加減《さじかげん》を誤ったらしい。

そういえば、いったん器に入れて湯冷ましするのも忘れていた。もしお茶汲《ちゃく》みロボットでも開発されたら、こんな粗忽者《そこつもの》などただちにお払い箱だろうな――などと、ふとそんなことを考える。

＊

キッチンと居間を往復し、お茶と茶菓子を運ぶ。お茶の追加に備えて急須や給湯ポットなども持っていった。義足の私を気遣って教授は手伝おうとしてくれたが、さりげなく断る。家事程度なら健常者と同様にできるし、何より今はあまり教授を心理的に近づけたくない。

対面のソファに座ると、おもむろに教授が訊《たず》ねてきた。

「今の君は、ベーシックインカム反対派かね？」

虚を衝《つ》く質問に、私は戸惑う。

「え？　どうしてですか？」

「いや――」

教授がズッと洟をすする。

「君の小説を読んで、ふとそう思ったものでな」

私は返事を引き延ばすように湯呑みに口をつけた。思った通り茶が濃く出すぎていて、舌が曲がるほど渋い。

「昔はもちろん賛成派でしたが……今は、よくわかりません」

「わからない？」

「はい。ベーシックインカムが、はたして人間にとって本当に良い制度なのか。仮に導入されても、社会の格差は今とさほど変わらない気もしますし。人は怠惰な生き物ですしね」

「人間が信用できないかね？」

「そういうわけでは……」

嘘《うそ》だった。私は今、人間を信用していない。純粋に人の善意を信じられたあのころには、もう戻れない。

「……あくまで私見だが、ベーシックインカム反対派の意見は主に二つ」

教授がマドレーヌをかじりつつ、私に議論を挑むように切り出した。

「一つは財源、一つはモラルの問題だ。財源について言えば、仮に国民一人に月7万給付するとしよう。すると7万×12か月×1・2億人分で、年間の支出は１００兆円ほどになる。日本の国家予算が１００兆円規模だから、一見するとこの額は到底実現不可能に思えるかもしれない。

だが、現行の制度にもベーシックインカムと役割が重なるものがある。たとえば生活保護や老齢年金――これらは同じ所得保障だから、ベーシックインカムで代替可能だ。また雇用保険や公共事業予算などの失業対策費――こちらもある意味失業時の所得保障と言えるので、ベーシックインカムでカバーできる範疇《はんちゅう》に入る。

そういった予算を新たな財源に回せる。ある試算では、それで36兆円ほどの財源が確保でき、残りは一律25パーセントほどの所得税増税で補填が可能だ。

それでも足りないなら、国が金を刷ればいい。現代貨幣理論《MMT》では、自国通貨を持つ政府は自国通貨建ての国債をいくら発行しようとも破綻しない。注意すべきはインフレ率だけだ」

私はつい微笑した。MMTとは近年アメリカで注目され始めた、貨幣の役割を新たな視点で捉《とら》え直したマクロ経済学の理論だが、現段階でそれをベーシックインカムに絡めるのは悪手ではないだろうか。MMTの理論自体にも、強い拒否反応を持つ者はまだまだ多い。——第一、25パーセントの増税を訴えて選挙に出る勇気のある政治家がいるものか。

「月7万円では、都心だとだいぶ生活は苦しいと思いますが」

「給付額は議論が必要だ。ただなにも生活は都心に限る必要はない。生活費の安い地方に分散するという手もある。それに金額が多すぎても、労働意欲をそぐ『福祉の罠』に陥るだけだ。少し足りないくらいがちょうどいい」

「一口に予算を回すと言っても、年金や雇用保険はそれぞれ独自の財布があり、管轄が異なります」

「ああ。だからこそ大胆な税制改革が必要だ。無駄に複雑化した社会保険や福祉手当等を一本化し、行政のスリム化を図る。それもベーシックインカムの狙いの一つだ」

「制度の一本化はいいのですが、それで病気の補助金や障害年金などがなくなるのは困りますね」

「もちろん医療費や障害者手当は別だ。万人への基礎的な所得保障と、個人の事情に応じた追加的な社会保障は分けて考えねばならない……ああ、そうか。そういえば君は障害年金受給者だったな」

教授の気付きに、私は小さく笑って頷《うなず》いた。議論に熱中するとまわりが見えなくなる癖は相変わらずのようだ。

——私は一昨年に交通事故で夫を亡くし、その際私自身も片足切断の大怪我《おおけが》を負った。それ以来一人暮らしだ。子供はなく、両親も早世しているため、夫の残してくれたこの家と障害年金でなんとか日々暮らせている。でなければ暮らし向きはもっと厳しかっただろう（ちなみに遺族年金もあるが、障害年金と同時受給できないのでそちらは受け取っていない。これも制度の複雑さの一端だろうか）。

「……もしかしたら、私みたいなのがベーシックインカムの制度に近いのかもしれませんね」

我が身を顧みて、つい呟《つぶや》く。障害年金は生活保護と違い、原則的には収入の有無を問われない。働いた分がそのまま増収になるので、そういう意味ではベーシックインカム的だ。

「そうだな。所得制限がない点では、まさに障害年金はベーシックインカム型の所得保障と言える。——ちなみに今、ほかに収入は？」

「小説の原稿料……でしょうか。臨時ボーナスだと思って貯蓄に回しています」

「支出は？　何か困っていることはあるかね。医療費とか光熱費とか……借金とか」

「医療費は自治体の助成制度が使えるので、特に。電気代なども一人暮らしなのであまりかかりませんね。プロパンなので、ガス代がやや高いですけど。借金はありません。金銭的な悩みはありませんが、強いて言うなら郊外なので買い物がやや不便でしょうか。車の運転ができないのが辛いです」

「今、欲しいものは？」

「いえ、特には。——ああ。できたら安物でいいので、新しいソファが買えたら嬉しいですけど」

何の調査だろう。教授が一瞬お役所の人間に見えて、ついおかしくなってしまった。もし私が生活保護を受けるとしたら、こんな感じで資産調査をされるのだろうか——いや。実際の調査はもっと手厳しいに違いない。

「つまり君は、ささやかな暮らしながらも金銭的な不満は特にない、というわけだ」

教授は湯呑みを口に寄せ、ふうと息で冷まして飲む。

「それで、労働意欲はそがれたかね？」

カタン、と湯呑みが受け皿に置かれる音を、私は聞くともなしに聞いた。

「……いいえ。小説は書き続けたいですし、ほかにも今の自分にできる仕事があれば、挑戦してみたいですね」

「だろう」

教授は我が意を得たとばかりに頷く。

「それが二つ目、モラルの問題に対する答えだ。ベーシックインカムの話を聞くと、誰もがまず『それは人を怠惰にする制度ではないか』という懸念を抱《いだ》く。しかし人が働く理由はなにも生活費のためだけではない。誰かに認められる喜び、誰かの役に立つ喜び。集団への帰属意識、達成感、向上心、探求心、使命感、創作意欲——あるいは単純に額に汗して働く心地よさ。労働意欲とはそういった無数の動機で構成されているのだ。

実際、これまで世界各国で行われたベーシックインカムの実証実験でも、顕著な労働意欲の低下は見られていない。むしろ安定した生活は人々に心のゆとりを持たせ、より労働への関心を高めるというのが私の見解だ」

「……けれど、モラルの問題はそれだけではないんじゃないですか」

私は座っているソファのカバーに擦り切れている箇所を見つけ、それとなくクッションで隠す。

「たとえば犯罪です。ベーシックインカムを悪用する不届き者もでてくるのではないでしょうか。今でも福祉制度が悪用される例は山ほどありますし。悪徳介護事業者とか生活保護費目当ての貧困ビジネスとか、医療費や助成金の……不正受給とか」

「むろんそういった可能性はある。しかし犯罪全般については、私はむしろ減るものと考えている」

「犯罪が……減る？」

「衣食足りて礼節を知る、だ。貧困は犯罪の温床だ。ベーシックインカムで貧困自体がなくなればまず食費のための万引きなど、生活苦による犯罪は一掃される。また特殊詐欺などの組織的な犯罪も、生活困窮者が減るため手足となる人間を雇いにくくなる。一方で健全な市民のほうでも、ベーシックインカムで無用な労働から解放されれば、貧困ビジネスなどの社会問題に取り組む篤志家が増えてくるだろう。経済的余裕が人の心を人間らしくするのだ。ベーシックインカムの効果は貧困問題のみならず、それに起因するすべての社会問題に波及する」

「ですが……そもそも貧困問題は、お金だけで解決するものでしょうか？」

私は食い下がる。

「たとえば依存症です。アルコールやギャンブルなどの依存に苦しむ人は、お金をもらってもそれらに蕩尽《とうじん》してしまい、貧困から抜け出せないといいます。そういう人にとって真に必要なのはお金ではなく、彼らが更生するための社会的支援です。ベーシックインカムはそういった人々を切り捨て、困った人にはお金をあげるからあとは自分で何とかしろという、冷血な自助努力の社会をもたらしてしまいませんか？　それは教授の言う『人の心』とは、逆にかけ離れたものになります」
「問題は切り分けて考えねばならない。貧困が原因で起きる問題と、ほかの理由が原因で貧困になってしまうことは別だ。たとえば学費を払えなくて進学できない、生活費が足りずに食べ物や生理用品さえ買えない、家賃が払えず定住できない——これは金があれば解決できる問題だろう。だが今君が言ったような依存症や障碍などは、単純に金を出せばすむ話ではない。それは医療の問題であり、教育の問題であり、差別の問題だ。当然、我々の社会はそれらの問題にも立ち向かっていく。我々はもっと『貧困』の解像度を上げねばならない。今ある貧困問題のうち、何が金で解決でき、何ができないのか——ベーシックインカムはその問題を切り分ける、ふるいのような役割を果たすだろう。そしてそのふるいこそが、『金では解決できない問題』に苦悩する人々を発見し、真に救う手立てとなる。私はそう確信する」

私の視線の先で、黄色い水仙の花が揺れていた。

風が吹き出したのだろう。居間の掃き出し窓の向こうで、花壇に並んだ水仙が壊れたメトロノームのように不規則に頭を振っている。

その花壇の端にふと、きらりと光るものが目に入った。何だろう。空き缶だ。誰かが塀の外から投げ込んだらしい。

この手の迷惑行為は最近特に多い。丹精込めて育てた庭の調和を乱す異物に、私の胸

につい ザラリとした感情がこみ上げる。まさかこの家が、空き家に見えるわけでもあるまいに――。

決してこの世は、善人ばかりではない。

ふと気付くと、教授が優しい目で私を見ていた。

「……何でしょう？」

「いや。昔を思い出してね。私の話がよく呑み込めないとき、君はちょうどそんな上の空の表情になる」

私は苦笑し、顔をまた庭に向けた。懐かしさについ涙腺が緩みそうになるのを、欠伸《あくび》でごまかす。

「話が楽観的すぎると思うかね？」

「そういうわけでは」

「確かに希望的観測の部分はある。ただ福祉のみを理由に、我々が現在慣れ親しんでいる制度を大きく変えていくのは難しいかもしれない。人は利己心で動くものだ。だから私は、福祉政策よりむしろ経済政策として、このベーシックインカムを導入していくロードマップを想定している。ベーシックインカムは景気対策としても優れたシステムだ。企業の内部留保率が高く労働分配率が低い状況下では、中央銀行の金融緩和政策や政府の公共投資等で企業にいくら金を回しても家計には行き届かず、需要喚起効果は低い。

ならばいっそその間をすっ飛ばし、直接給付という形で家計に金をばらまいたほうがよっぽど効率的だ。その数理モデルを検証するための実証実験を、ちょうど計画していたところだ。

年金制度の破綻を見越して、それに代わるものとして段階的にベーシックインカム的給付を導入していくのもありかもしれない。人が利己心からしか動かないなら、その利己心を正しく利用してやればいい。人の道義心と経済合理性は、決して相容《あいい》れないものというわけでもない」

私は本物の欠伸を噛《か》み殺した。

確かに、ベーシックインカムに景気対策的側面があるのは事実だ。定期的に無条件で金がもらえるとなれば、誰だって財布の紐《ひも》は緩む。

だが……金をばらまいてやるから使えというのは、モラルとは無縁の話だ。それに先述のMMTを信じ切れない人々にとっては、無制限のバラマキ政策など頭のおかしな人間の発想としか思えないだろう。日本でもコロナ禍でのたった一回の10万円の一律給付でさえ、あれほど揉《も》めたのだ。それをベーシックインカムへの第一歩とみる向きもあるが、それは同時に、導入へのハードルの高さを象徴しているに違いない。

それよりも――と、私は殊勝に話を聞くふりをしつつ、教授を観察する。

本当に教授は、これだけの話をしにわざわざ私のところに来たのだろうか？　ただ昔の教え子と茶飲みがてら学術話に興じるためだけに、私に会いに？

「しかし――」

そこで急に、教授の声のトーンが一段下がった。

「金目当ての犯罪が減るという点では、君も異論はなかろう。それだけでも大した成果だとは思わないか。そこでは腹をすかしてコンビニで万引きする年少者も、刑務所で雨露をしのぐために軽犯罪を繰り返す高齢者もいない。社会復帰の望みを絶たれた路上生活者も、性風俗産業を最後のセイフティーネットとして頼らざるを得ない生活困窮者もいない。

万引き、スリ、空き巣――そういった窃盗罪の多くは、やがては過去のものとなるだろう。そう。たとえば――」

教授がまっすぐに、私を見つめる。

「どこぞの研究室の金庫から、大事な研究費が盗まれるような犯罪は」

＊

――ピーッと、給湯ポットのアラームが鳴った。

お茶のお代わりのために、こちらのスイッチも入れておいたのだ。私は教授から顔を背け、ポットに手を伸ばした。助かった。まずそう思った。今この瞬間に目を合わせていたら、どんな感情を読み取られていたかわからない。

「研究費が……盗まれた？」

急須を引き寄せる手の震えを、必死に隠す。

「それはもしかして、教授の研究室の話ですか？」

「ああ」

「いったい、いつ？」

「気付いたのは五日前、土曜の夜のことだ。朝に確認したときにはあったから、盗難はその日中ということになる」

——焦るな、と自分に言い聞かせる。

ずっと警戒はしていた。教授が家に来た時点で、いずれこの話題が出ることはわかっていたはずだ。問題はその意図。教授はどこまで真相に気付いていて、どういうつもりで私に会いに来たのか。それが明らかになるまで、こちらから襤褸《ぼろ》を出すわけにはいかない。

「研究室の金庫から……ということは、現金で持っていたんですか？　この電子マネーが主流の時代に？」

「ああ。ちょっと支払いに用立てる必要があってな。ちなみにその日の午後、私は研究棟の講義室で一般人向けにベーシックインカムの公開講座を行っていた。それ以外はずっと研究室にいたから、盗まれたのはその講義中だった可能性が高い」

「犯人は、捕まったんですか？」

「いや。まだだ」

「警察に届け出は？」

「それもしていない。というよりか、まあ——事が公になる前に、少し確認したい点があってな。この事件には一つ謎があるのだ」

「謎？」

「うむ」

　私が差し出す二杯目の茶を、教授は待っていたとばかりに受け取る。

「犯行の手口だよ。あの金を盗むのは非常に困難だ。金庫の暗証番号は私しか知らず、研究室のドアはＩＣカード式のオートロック。私のカードと管理室にあるマスターカードでしか開かない。くわえて今、うちの研究棟はセキュリティ強化月間だしな」

「セキュリティ……強化月間？」

「ああ。つい二か月前にも、棟内で盗難騒ぎがあったのだ。それで警備が強化され、研究棟自体の出入りも厳しくなった。部外者の手荷物持ち込みは原則禁止だし、出るときは学校関係者か否かを問わず、受付で簡単なチェックもされる」

私はどう答えようか迷った。その話はすでに知っていたからだ。

「それ、知っています。なんでも経済学部の図書室が、窃盗被害にあっていたとか」

「なぜ知って――ああ。小池くんか」

「はい」

「彼とはよく会うのかね？」

「いいえ。ですが、数か月に一度くらいは会っているでしょうか。最後に話したのはちょうどその事件のあった二か月前で、進路相談がてらうちに来ました。私も大学とはかなり疎遠になっていますので、唯一彼から聞く近況が楽しみで……」

先述した通り、小池くんは教授の研究室のゼミ生だ。夫の友人の息子で、私もゼミの先輩ということで夫婦ぐるみで付き合いがあった。地方から単身出てきた寂しさからか、夫の生きている間は毎週のように遊びに来て、私たちもどこか彼を子供代わりに思っていたところがあった（「東京の両親」という呼び名が嬉しかった）。そして夫の死後は、逆に私のほうがあれこれ面倒を見てもらっている。

それは教授も知るところだから（なにせ彼の進学時には夫婦で挨拶に行ったくらいだ）、ここでしいて隠す必要はないし、もとより私は腹芸が苦手だ。ここは正直に話したほうがいい。

「けれど、経済学の本なんて盗んでお金になるのでしょうか」

「専門書は高額だからな。買取価格が高いし、中には希少本もある。たとえばケインズ研究で名高い川口弘《かわぐちひろし》先生の絶版本などは、高いものだと今ネットで1万6千円ぐらいする」

なかなかの値段だ。私はそれを盗んだのはどんな人だろうとつい想像する。学生だろうか。貧乏学生なら、1万6千円の副収入は充分魅力的だったはずだ。

「でしたら、その盗難騒ぎの犯人がお金も盗んだのでは？　当日は公開講座を行っていたということは、一般の人も研究棟にいたのですよね？」

「どうかな。私はむしろ図書室のほうは外部犯、金庫のほうは内部犯という気がするよ。まず警備の度合いが違うし、研究室の金庫の存在は内部者しか知り得ない。少なくとも金庫のほうは、内部に手引きした人間がいる。私はそう思う」

ドキン、と心臓が跳ねた。

やはり教授は気付いて——いや、確信があるならこんな遠回しな言い方はしない。あくまで今はまだ疑いの段階で、カマをかけているといったところか。

こちらが疑心暗鬼になる一方、教授は変わらず穏やかな表情でソファにもたれかかっていた。ギシ、と安物のソファが軋《きし》みを立てる。

その傍らに、高価そうなコートが丁寧に折り畳まれているのが見えた。そういえばハンガーを出し忘れていた。義足の私に余計な面倒をかけまいと、教授も言うのを遠慮したのか。

すみません、コートを——と改めて申し出ようとして、ふとそのコートの値段は古本何冊分だろうという計算が頭をよぎった。急に気持ちが冷め、私はコートのことは気付かぬふりをする。

「それにこちらが盗まれたのは、数万円というはした金ではない。何百万という札束だ。部外者は手荷物持ち込み禁止だから、それらを持って受付のチェックをすり抜けるのは難しいだろう」

「研究室のドアは、ちゃんと閉まってたんですか？」

「ああ、出るときに確認した。窓も花粉を防ぐために、この時期は閉めっぱなしだ」

「出入りの業者などは？」

「ここ一週間はゼミ生ぐらいしか研究室を訪れていない。また金庫を開ければ防犯用のアラームが鳴るので、同室の私に気付かれずに開けるのは不可能だ」

教授は強い口調で答える。本の盗難と今回の事件は性質が違うと見抜いているのだろう。本の盗っ人に罪を押し付けるのは無理そうだ。さてどうしよう、と私はいよいよ真剣に困り出す。

「——だが、仮に内部犯だとしても、盗みのハードルは高い」

教授は一度お茶で口を湿らし、続けた。

「受付のチェック以外にも、セキュリティはまだあと二つある。ＩＣカード式のオートロックドアに、暗証番号式の金庫だ。

ドアは金属製の外開き型で、開錠できるカードは私のと管理者用マスターカードの二つだけ。また金庫にも、入力に失敗するたびに十秒のロックが掛かるという制限機能がある。さらには開いている間は防犯アラームが延々鳴り続ける。

くわえて金庫の暗証番号は私しか知らないし、念のため定期的に変更もしている。常に同じ番号だと、数字キーのカスレ具合などから使用数字を推測されてしまうからな。ちなみに窓は内側から常時施錠。むろんマスターカードの貸し出しもない。はてさて。この厳重な三重セキュリティを、犯人はいかにして突破せしめたのか――」

教授の口ぶりに、どこか浮ついたものを感じた。楽しんでいる――のだろうか。もし全部を知っていて私を追い詰めているのだとしたら、かなりの悪趣味だ。さすがにそこまで性格が悪くなったとは思いたくないが。

「君は、どう思うかね？」

「何がですか？」

「犯行の手口だ」

「さあ……わかりません。私は空き巣のプロではないので」

「すぐ答えを投げ出すのは君の悪い癖だ。考えたまえ。まず第一に、私が研究室にいる間に盗むのは無理だ。アラームは部屋の外までは聞こえないが、同室にいればさすがの私でも気付く程度の音量はあるからな。となると犯行の機会は、私が講義室で公開講座を行っている時間帯に限られる」

「ではやはり、公開講座にやってきた一般の人が犯人？」

「しかし公開講座の講義室は二階で、私の研究室は三階。間の階段は警備員が見張っているから、講座の出席者は私の研究室までたどり着けない」

「……トイレは？　確かあの研究棟のトイレは、三階と二階で男女に分かれていましたよね。位置もちょうど、教授の研究室の隣の区画だったはずです。受講者の男性がトイレに行くと言って、警備員の許可をもらえば――」

「いや。トイレについては、二階の女性用トイレをその日だけ男女兼用にしていた。三階に行く必要はない」

私はやや言い淀む。

「と、いうことは……やっぱり内部犯……学生の仕業でしょうか」

「かもしれない。だが当日は社会人向けの講座のために休日で、学生はほとんどいなかった。当日研究棟にいたのは、講座のアシスタントを務める私のゼミ生が数名。あとは受付や警備の人間だけだ」

このときの私の態度は、少々ぎこちなかったかもしれない。

「もしかして教授は……自分のゼミ生の誰かが犯人だと、疑っているんですか?」

「ああ、残念ながら。しかし私が研究室を出てから戻るまで、学生たちは私とともにいた。だが思い返せばただ一人、途中で研究室に戻った学生がいたのだ。私が頼んでいた資料を忘れてな。その学生の名とは――」

教授がまた、緑茶を一口。

「小池くんだ」

＊

私の目がちらりと庭を向く。

門脇に、今が盛りと咲き誇るハナズオウが見えた。燃えるような――と喩《たと》えるにはやや桃色味が強い。ただその空に向かって伸びる枝ぶりは、どこか猛々《たけだけ》しい炎の形を連想させた。うららかな春の庭に立つ野の炎。

「……小池くんが?」

「ああ」

「…………」

「どうした？」

「いえ……。突然の話で、頭が……」

「ついていかないか。無理もない。しかし――」

「あの……すみません」

「なんだ？」

「詳しいお話の前に、お手洗いに行ってきてもいいですか。少し気持ちを整理したいので」

「ああ。構わない。どうぞ行ってくれ」

私は教授に頭を下げ、いったん席を立つ。

廊下に出たところで、ぐらりと体が傾いた。

慌てて壁の手すりに摑まる。腰から下に力が入らなかった。逆に首から上にはどっと血が押し寄せ、顔全体が湯あたりのように熱く火照り出す。

――落ち着こう。

そう、自分に言い聞かせる。

やはり予想通り、教授の狙いは小池くんだった。

そしてその狙いは正しい。確かにお金は現在彼の手元にあり、それを知る私もまた共犯者だ。

恩義ある教授を裏切ったことに後悔はない。なぜならそのお金は、小池くんの将来に必要不可欠なものだったから。私は図らずも恩師とその教え子を天秤《てんびん》にかけた形になるが、すでに爛熟《らんじゅく》の時期にある老教授と前途有望な学生、どちらに肩入れすべきかは考えずとも明らかだ。そしてなにより彼もまた、この欲望渦巻く社会の被害者なのだ。

私は自分が寄りかかる手すりを見つめる。思えばこの手すりも、小池くんが取りつけてくれたものだった。慣れない義足で四苦八苦している私を見かねて、ホームセンターで資材を揃《そろ》えて駆けつけてくれたあのときの笑顔が忘れられない。あのように笑える青年の未来を、どうして我々大人が閉ざしてよいものか。

――彼は、私が守らねばならない。

洗面所で顔を洗う。鏡を見て気持ちを落ち着けながら、今自分がすべきことは何かと考えた。

おそらく教授は、まだ小池くんが犯人だと確信が持てているわけではないのだろう。でなければこんな回りくどい話の仕方はしてこない。確信が持てたらどうするつもりか――それはまだよくわからない。けれど少なくとも、確信が持てないうちはその先には進めないに違いない。

ならば話は単純だ。私が彼を弁護し、教授の疑念を払拭してしまえばいい。

そう判断し、居間に戻った。胸中悲壮な思いで覚悟を決めた私を、教授の洟をかむ緊張感のない音が出迎える。お茶がぬるくなっていたのでまた新たに二人分淹れ直し、ソファに座った。傷の目立つローテーブルを挟み、改めて教授と向かい合う。

「お話を伺いましょう」

そう、口火を切った。

「ただし最初に断っておきますが、私にはあの小池くんが泥棒するなんてとても思えません。なのでどうしても、発言は彼寄りになってしまうと思います。そこはご理解ください」

「ああ、それでいい。君はあくまで小池くん支持の立場でいてくれ。それが議論というものだ」

チーンと、一際高く洟をかむ音が響く。教授は二度使用したティッシュをクシャリと丸め、器用にゴミ箱に投げ入れた。

「では、始めよう」

＊

「まず、当日の状況から説明しよう。あれは五日前の土曜のこと。私は午後一時から始まる講座のため、その十分前に研究室を出た。そのとき講義を手伝うゼミ生は全員一緒だった。なぜなら彼らは食後の飲み物を目当てに、昼休みに私の研究室に集うのが習慣だったからだ。

その数は、小池くんを含めて三名。我々は五分前に講義室に着くと、速やかに準備を終え、時間通りに講義を始めた。その間に私のそばを離れたゼミ生は、一人もいない。だが途中、講義が十分ほど過ぎたあたりで、急にゼミ生たちがざわつき始めた。どうやら後半で配付する資料を研究室に置いてきてしまったらしい。そこで私はその資料の担当だった小池くんに指示し、私のカードを持たせて取りに行かせた。

その約十五分後、彼は資料とカードを持って戻ってきた。私はタイムスケジュールに合わせて講義を進めていたので、この時間はだいたい正確なはずだ。そして講義は無事終了し、私はその足で研究室に戻った。学生たちは後片付けで全員講義室に残ったので、私より早く研究室に戻った者はいない。

研究室に着いたときは、私は何の変化にも気付かなかった。異変に気付いたのは、その晩のことだ。私が経理上の確認のため金庫を開けると、明らかに札束の量が減っていた。そこで私は盗難を知ったのだ」

教授の話を聞きながら、私はマドレーヌを一つ手に取った。何かしていないと、不審な態度をとってしまいそうだ。

「……それで、小池くんが犯人だと？」

「今のところ、最も疑わしいのは彼だ」

「ですが、金庫の暗証番号は教授しか知らなくて、しかも定期的に変えているんですよね？　それを小池くんが知るのは不可能では？」

「私もそう思った。だが、ここで君の小説がヒントになったよ」

「私の小説が？」

「ああ。君の小説では、人工視覚で紫外線まで見えるようになった視覚障碍者の話が出てくるな。それで思ったのだ。一見何の変化がなくとも、そこには目に見えない手がかりが残っているのではないか、と。

　そこで試しに、ブラックライトを金庫に照射してみたところ――ビンゴだ。数字キーの一部に、紫外線発光塗料がついていたのを発見したのだ。

　つまりこういうことだ。犯人は何らかの方法で、私の指先に紫外線発光塗料をつける。私はそれと知らず、金庫の暗証番号を押す。すると私が押した番号のキーに塗料が残るが、目には見えないため、私はそれに気付かず放置してしまう――。

　金庫の暗証番号は四桁。四桁の数字の並びは0から9999まで一万通りあるが、そのうち四つまで数字を特定できれば、その場合の数は4×3×2×1で、二十四通りまで絞れる。

　番号は一回間違えると十秒のロックがかかるが、それでも二十四通りなら約四分ですべて試すことが可能だ。小池くんが講義室を離れたのは十五分前後。駆け足で移動したとすれば、往復時間を入れても充分間に合う」

——誤算だ。

私の胃に冷たい感触が下りる。教授が私の小説を読んでいたというのは、まったくの誤算。あれを読んでいた教授がトリックに気付いたのは、当然の成り行きと言えるかもしれない。なにしろそのアイディアは、私が小池くんに提案したものなのだから。

「ですが……そう都合よく、教授の指先に塗料をつけられるでしょうか？」

「それも、君の小説からヒントを得たよ」

教授は落ち着き払って答える。

「私の花粉アレルギーだ。君の小説では、遺伝子操作でアレルギー体質さえ克服してしまう人類の話が出てくる……私のゼミ生なら、私の机に置いてある花粉症の目薬のケースに塗料を塗っておくことはたやすいだろう。多少ケースがベタついていても、私は目薬が垂れたとでも思うのが関の山だ」

私はつい溜《た》め息が出そうになるのを飲み込む。これも正解。教授が花粉症で、常に目薬を手放せないでいることは小池くんから聞いて知っていた。机の上に無防備に置かれた目薬に仕掛けを施すことはたやすい。

「けれど……もし仮に小池くんが本当に盗んだとして、そのお金はどうやって持ち出したんでしょう？」

私は動揺を抑えつつ、マドレーヌの包装を開く。教授はニッといたずらっ子のように笑って答えた。

「何百万の札束と言っても、サイズとしては厚めの新書数冊分くらいだ。工夫すればいくらでも隠すことができるだろう。たとえば服の中とか――君だったら、その義足の中に隠すかな？」

「この義足に、そんなスペースはありません」

私はわざわざ義足を外して見せた。

「それに教授は今、服の中とおっしゃいましたが、当日の小池くんの服装はどんなでしたか？　彼はやせ型で、いつもぴっちりした服を着ています。とても物を隠す余裕などなさそうですし、急にダボついた服を着てきたら目立つと思います。

それに『セキュリティ強化期間』なので、出口では学外、学内関係者を問わず、持ち物チェックをされたはずです。チェックする側も本の盗難を警戒しているなら、服の中に隠すことくらい想定しているでしょう。

教授はその日の夜に気付いたので、研究室のどこかに隠したのなら取り戻す機会もありません。トイレや廊下に隠すとしても警備員が巡回しています。それもまさか、今度はＶＲで誤魔化したとでも？」

教授が微笑《ほほえ》んだ。

「いや。我々の研究室に、そんな近未来の装置はないよ。小池くんの服装も普段と同じで、確かにあの服の中に隠したとは考えにくい。無論トイレは調べたし、廊下に隠すのは論外だろう。隠す場所などほぼないし、例の盗難騒ぎで棟内外には監視カメラも設置されているからな。

となると、残る経路はただ一つ。研究室の窓だ。彼はそこから金を持ち出したのだ」

「窓？」

私は怪訝《けげん》な顔をする。

「窓って——あの窓ですか？　でも確か、あの窓の外って——」

「ああ。立ち入り禁止区画になっているな」

教授の研究棟の裏は農学部の敷地と隣接している。敷地は高い塀で区切られ、そこでは実験研究用の家畜が飼育されていて、防疫の観点から関係者以外は学生も立ち入れないエリアとなっている。

「農学部の学生に、共犯者がいたってことですか？　小池くんが研究室の窓からお金を落として、その人に拾わせたと？」

「いや。その時間帯、当の区域に誰もいなかったことは施設の管理者に確認している。落下物の報告もない。彼が金を落としたのはおそらくもっと別の場所だ」

「別の場所？　それはいったいどこですか？」

「それは、わからない」

「わからない？」

「と、いうより、どこだって構わない。電波が届く範囲でならな。確かに私の研究室には喋《しやべ》るAIや白昼夢を見させるVR装置はないが、それなりに最先端のテクノロジーは導入している。

そう——空気清浄ドローンだ。彼はそのドローンに盗んだ金を積み、窓からどこかへ運ばせたのだ。

そういえばベーシックインカムで家計に金をばらまく政策は、よくヘリコプターマネーに喩えられるな。まるでヘリコプターから金をばらまくように、政府や中央銀行が市中に直接貨幣を大量供給する政策……さしずめこれは『ヘリコプターマネー』ならぬ、『ドローンマネー』といったところか」

＊

私はあんぐりと口を開けた。

演技ではない。本気で驚いたからだ。……『ドローンマネー』？　ドローンで？　金を運ぶ？

なんて単純な発想だ。しかし——言われてみれば確かに、そんな手があった。空気清浄ドローンのことは今日初耳だったのでその発想さえなかったが、現在の研究室のことをもう少し小池くんから詳しく聞いていれば、この方法にも思い当たっていたに違いない。

このトリックは、不正解だ。

そんなやり方ではないことは、私自身がよく知っている。正解はもっと、アナログで人間臭い。しかしまさか、こちらからそれを種明かしするわけにもいかない。

さて、どうしよう——と、私は内心ひどく焦る。この推理が不正解なのは、私には明白。しかしどれだけ当てずっぽうだろうと、それを教授自身が信じている限り、小池くんの嫌疑が晴れないのは変わらない。私は教授の間違いを正さねばならないのだ。はたしてできるだろうか。この私に、教授の仮説に反駁《はんばく》することなど？

お茶を飲もうとして、中身がすでに空だったことに気付いた。少し飲みすぎかもしれない。緊張で喉が渇いてしかたないが、あまりこちらの動揺を悟られるような真似《まね》は慎むべきだろう。

「……ですが、構内でドローンなどを飛ばしては、人目につくのでは？」

私の探りを入れるような反論に、教授は余裕の笑みで答える。

「今どきドローンはそれほど珍しくもなかろう。それに下は農学部の敷地だ。農薬散布用のドローンでも研究しているのかと思われるのがオチだ」

「空気清浄用に開発されたドローンに、重いものを運ぶことができるでしょうか？」

「1万円札一枚の重さは約1グラム。300万でも300グラムだ。調べてみたが、当の製品の最大積載量《ペイロード》は約2キロ。充分許容内だ」

「距離は？　屋内用のドローンに、はたして農学部の広い敷地を往復できるほどのバッテリーの容量はあるでしょうか。電波もどこまで届くかわかりませんし、風の影響だって——」

「当日は穏やかな晴天だった。距離も別に、農学部の敷地をすべて横断するほど必要はない。敷地の一部を通ってUターンし、また経済学部の構内に戻って、人目につかないところで金を落とせばいい。確かに私のいる研究棟の周囲は通路で隠す場所などないが、少し離れたところには人気《ひとけ》の少ない旧講堂があるしな。そこまでならドローンで一分もかからない。充分時間内に犯行可能だ」

　教授の研究棟の裏は農学部の塀に隣接しているが、正面や左右は見通しの良い広場や遊歩道となっている。なので教授の言う通り、そこにお金を落とせば通行人が見つけ、拾われてしまうリスクが高い。一方で旧講堂は耐震基準が古いため建て替えが予定されていて、今は使用禁止で寄り付く人はいないので、落とし場所としては申し分ない。

私はすぐに言葉に詰まった。駄目だ。もう弾切れだ。まるでナイフで固い岩にでも切りかかるかのようだ。思えば学生時代、教授に真っ向議論を挑んで勝てた覚えは一度もない。

教授がちらりと腕時計を見た。何だろう。時間を計っているのか。その仕草に、私はよくゼミの発表時間をオーバーして注意されていた自分の学生時代をふと思い出す。

「……もう、降参かね？」

教授が雛鳥《ひなどり》を見るような目で、私を見た。

その眼差《まなざ》しに、私の中に抑えがたい感情がぐっとこみ上げる。

違います、教授。

あなたの考えは、間違っています。

あなたの教え子は、今この瞬間にもあなたを欺いています――。

そう告白できれば、どれだけ楽になることか。

しかしその選択肢はない。私は小池くんを守ると決めたのだ。切り捨てた感情に今さら流されるわけにはいかない。

さて……どうしたものか。

私は自分を奮い立たせるためマドレーヌにかぶりついた。どうすればこの仮説を覆せるだろうか。そもそもこの犯行方法はただの教授の想像であって、事実ではない。で、あれば、どこかしら穴はありそうなものだが――。

現実逃避のように庭を見やった。いつの間にか日没間際で、夕闇が庭木を呑み込むように忍び寄ってきている。水仙はすでに暗がりに沈み、門脇のハナズオウは夕日を浴びて枝先を赤く輝かせていた。

西に山があるため、この家は日が陰るのが早い。それでも今は改善したほうで、昔はもっとひどかった。あの水仙の花壇があるあたりに、大振りのアジサイが植えられていたからだ。

それが陽射《ひざ》しを遮って困る、と小池くんについ愚痴をこぼしたのが昨夏のことだ。すると彼は、「じゃあ俺がやりましょう」と、率先して伐採を申し出てくれた。

夏の真っ盛り、汗だくになりながら懸命にアジサイを掘り起こしてくれた彼の優しさを昨日のことのように思い出す。育ったアジサイの根は想像以上に深く、それだけでほぼ半日掛かりの作業だった。ただでさえ学業やアルバイトで忙しい身だというのに、彼は貴重な休日を割いてまでこんな私を助けてくれた。

そんな彼が、その労働の対価に求めたものと言えば――金銭ではなく、たった一杯のアイスコーヒー。それもインスタントの安いやつだ。せめてドリップだったらね、と恐縮する私に、彼は「大丈夫です。俺、コーヒーの味とか香りとかよくわかりませんから」とあっけらかんと答えて――。

香り。

そこでふと、何かが引っかかった。

回想を止める。私は今頭に浮かびかけたそれを、夜店で金魚を掬《すく》うような慎重さで拾い上げた。香り——変化——変わるものと変わらないもの。

しばらく思考の海に沈み、やがてはっと顔を上げる。私はまず手元のお茶を見て、それから教授がテーブルに置いた、花粉症の薬をじっと見つめた。

——もしかして、この反論でいける？

いや……少し苦しいか。１００パーセントの反論とは言えない。けれど教授が自説の確証を求めているなら、そこに疑い程度は挟めるはずだ。試してみる価値はある。

私ははやる気持ちを抑え、静かに呼吸を整えた。

「あの……ちょっと、いいですか？」

「なんだ？」

「教授が講義を終えて、研究室に戻った直後のことですが」

「うむ」

「確認ですが、教授はそのときは、何の変化にも気付かなかったんですよね？　つまり研究室を出る前と戻ってきたときでは、何の違いも感じなかったと？」

「ああ。紫外線発光塗料は、無色無臭のものだったからな」

「それと当然、その日も花粉症の薬は飲んでいますよね？」

「もちろん。目薬だけでなくこの頓服薬も飲まなければ、目も鼻も利かない」

その瞬間、私は勝ちを確信した。

「それなら、教授の仮説には一つ大きな矛盾があります。それは、研究室の香りです。教授は言いました。昼休みには、ゼミ生たちが食後の飲み物を目当てに研究室に集まる、と。ということは、教授が出る直前には、室内には食後のコーヒーの香りが立ち込めていたはずです。

そしてもし教授の言う通り、小池くんがドローンを使って犯行に及んだのなら、そのドローンの脱臭効果で香りは消されていたでしょう。教授の言葉では、当の空気清浄ドローンには優秀な脱臭機能もあるそうですから。それにドローンの操縦中は窓も開けていなくてはいけないので、換気の効果もあったはずです。

けれど教授は、戻ったときに何の変化も感じなかった、と言いました。それはつまり、香りはそのまま残っていた、ということです。教授は花粉症の薬をちゃんと飲んでいたので、鼻が利かなかったわけではありませんから。

ドローンを使えば消えていたはずの香りが、研究室には残っていた――それが、この仮説の致命的な矛盾点です」

私は挑戦状を叩《たた》きつけるように、最後の言葉を口にする。

ふうむ……と教授が黙り込んだ。

心臓が早鐘を打った。さあ、どうだ——強引ではあるが、理屈は通っているはず。かつての恩師に初めてかけた王手に、これまで経験したことのない興奮が私の中に走る。

「なるほど。香りがどのくらい消えるかという懸念は残るが……確かに君の指摘には、一理あるな」

——やった。私はぎゅっと拳を握る。

「認めよう。どうやら私は、この仮説を取り下げねばならないようだ。ありがとう。おかげですっきりしたよ。そうか——やはり君が、実行犯だったんだな」

＊

一瞬、音が遠のいた。

無声映画のような静寂。いや——白黒映画か。いつの間にか庭から忍び込んだ夕闇は、私の視界から色彩さえも奪う。

「……はい？」

声が、うわずった。

「なんで、そういう話になるんですか？」

コチコチと、部屋の時計の音が私の耳に響く。教授の姿は半分闇に呑まれ、さながら逢魔ヶ刻《おうまがとき》に現れる亡霊のようだ。私は何でもないような顔をしてお茶を飲もうとするが、情けないくらいに手が震え、湯呑みを持つことすらできない。

「では、逆に訊こう」

教授は穏やかに言った。

「なぜ君は、研究室に満ちていたのがコーヒーの香りだと断定できたのだ？　私がコーヒー派に転じたのは、私の恩師が亡くなったつい先月のこと。彼の形見として愛用のコーヒーメーカーを受け取ってからだ。見ての通り私は英国びいきで、もともと紅茶を愛飲していた。そのことは君も学生時代から知っていたはず」

「それは……小池くんから聞いて……」

「君が最後に彼と話したのは、二か月前だと自分で言っていなかったか？　それはもちろん、おそらく自分と彼との共謀を疑わせないための嘘だろう。しかしそう発言した以上、コーヒーメーカーのことを君が知る機会はないのだ。だから当然、あそこで君の口から出るべきなのは『紅茶の香り』だ。あるいは単に『飲み物の香り』とでも濁せばよかったものを——つい勇み足で余計なことまで口走り、突っ込みどころを作ってしまう癖は昔と変わらんな」

私は言葉もなかった。失態だ。まさかそんな些細《ささい》な一言から、すべてが水の泡となってしまうとは――。

「ですが……それで、なぜ私が実行犯だと？」

弱々しい私の声に、教授が意気揚々と応じる。

「あとは単純な推理だよ。コーヒーの件から、私は君が小池くんと裏でつながっていることに気付いた。例の紫外線のトリックを考えれば、君がこの犯行に関与していることはもはや疑いない。

では、どうやって盗んだ？　ドローンでの方法を除くなら、小池くんにあの金を研究室から持ち出すのは不可能だ。だが、同じ棟内に協力者がいるなら話は別。たとえば三階の研究室の窓から紐か何かで金を下ろし、二階の窓にいる相手に受け渡すことができる。二階のトイレは研究室のすぐ斜め下にあるしな。農学部側の敷地は立ち入り禁止だから、目撃される心配も少ない」

「……私が、講義の受講生に紛れ込んで、犯行の手助けをしたとでも？」

「ああ。変装しても君の義足は目立つかもしれないが、講義中はずっと座っているから、私に足のことは気付かれない。それに私は議論に夢中になるとまわりが見えなくなるから、隙を衝いてトイレに抜け出すのも余裕だろう。君はそう踏んだのだ」

まさにその通り――と、私は半ば感服しつつ、

「ですが……仮にそうやって受け取ったとして、私はどうやって外に持ち出すのです

か？　部外者は手荷物の持ち込みは禁止されていますし、出口でチェックされるのは同じです。先ほども言った通り、チェックする側も服に隠すことくらい想定しているでしょう」

「その通りだ。だが、金を盗んだらすぐに講義室に戻らなければならない小池くんとは違い、君には一つ有利な点がある。時間だ」

「時間？」

「ああ。君には戻る時間の制約がない分、落とす場所を選べる。それも何か所も」

「けれど……場所を選べるといっても……」

「そう。研究棟の周囲は、裏の農学部の敷地以外は人通りのある広場や遊歩道となっている」

まるで講義のタイムスケジュールを管理するように、教授がちらりと腕時計を見やる。

「窓から落とせばきっと誰かに拾われてしまうに違いない。だが、それで何の問題がある？　もとから誰かに拾われることを前提にして、金を落とすのなら」

次の教授の言葉を、私は絶望的な気分で聞いた。

「結論を述べよう。君は善良な誰かが落とし物として届けてくれることを期待して、自分の身元がわかる封筒か何かに金を小分けにして入れ、不自然にならない程度に複数の窓から落としたのだ。不特定多数に向かい、一定の金額を、一律無条件に——まさにべーシックインカムのようにな」

もはや私の口から、続く反論は出なかった。

＊

私は呆然《ぼうぜん》とソファに寄りかかる。防壁を守り切ったと思った瞬間、ものの見事に打ち砕かれてしまった。その極端な針の振れ幅と変化の速さに、私の感情が追いついていかない。何の感情も湧かない。敗北感や騙《だま》された怒り、驚きといったものすら感じず、ただ滲《にじ》み出る疲労感だけが微熱の風邪のように私から気力と体力を奪う。

「……別に私は、人の善良さに期待したわけではありません」

無意識に、口から出た。

「すべては計算です。まず第一に、私は通行人に無差別に拾ってもらおうとしたわけではありません。狙いは教授の講座に来る人たちでした。わざわざ休日を使ってまで、大学にベーシックインカムの講座を聞きに来る人たちです。きっと道徳意識は高いでしょう。

そのため私は講座が終わるギリギリまで待ち、受講者が帰り始めたときを狙って、二階のいくつかの窓からお金を入れた封筒を落としました。封筒だけならポケットに折り畳んで持ち込めます。その封筒も、障害者手当の連絡用封筒を再利用したものです。私の氏名と住所が書いてあるという利点はもちろん、拾った人により高い罪悪感のハードルを課すことができます。

　また私は、教授の見ていないところではなるべく足を引きずり、自分の障碍をアピールしました。その私の姿と、落とし物の封筒を結びつける人は少なくないはずです。人は知らない他人には冷淡になれますが、少しでも見知った人間にはそれほど非情には振る舞えないものです。

　受講者は申込時に住所氏名も書かされていますし、教授がおっしゃるには例の盗難騒ぎで棟内外には監視カメラも設置されたそうなので、捕まるリスクを恐れて正直に届け出る人も多いでしょう。それに人はそれほど注意深くありません。いくつかの封筒は拾われる前に回収できるだろう、という見込みもありました。それが小分けにした理由の一つでもあります」

「封筒の一部は大学の事務局などに届けられただろう。それを受け取るとき、君はどう言い訳したのかね？　小分けにしているとはいえ、何百万もの大金を持ち歩くのは不自然ではないか」

「タンス預金をいくつかの銀行に移し替えようとしていた、と説明しました。障害者手当の封筒を再利用したのも、封筒代をケチるためと言えば辻褄が合います。落とした理由は、バックパックのファスナーが開いていたから。なぜわざわざ手数料のかかる休日に、と突っ込まれたら、入金にも手数料がかかるとは思わなかった、と惚《とぼ》けようと思っていました」

「なぜそんな大金を持ち運ぶ途中で講座を受けたのか、とは聞かれなかったか?」

「はい、そこまでは。ただ、もし聞かれたら、何度も歩くのが辛かった、と答えるつもりでした。銀行は大学の周辺に散らばっていますから。外出の用事はなるべく一度にすませたくて、とさりげなく義足をちらつかせて言えば、きっと受付の人も納得してくれたはずです」

「自分の名前を書いた封筒を落として、私にバレるとは思わなかったのか?」

「個人情報保護の時代ですから。それに教授が講義後またすぐ研究室に閉じこもることは予想できたので、教授が封筒の件を知る可能性は低いと思っていました」

喋りながら、自分でも嫌な声だと思った。ＡＩの人工音声よりも温かみのない、枯れ枝のような声。いつから私はこんな声で喋る人間になったのだろう。

「……それで、その結果はどうだったかね?」

「驚きです」

私は少し微笑む。

「全額戻りました。日本人の道徳意識もまだまだ捨てたものじゃないですね。戻らない分は、私の貯金から補塡するつもりでしたが……」

　そう。思った以上に人々は善良だった。一番善良でないのは私だ。私は人の善良さに期待したわけではなく、人が善良に振る舞うしかない状況を作り出し、それを利用した。

「つまり君は」

　教授も小さく微笑む。

「人の善良さに賭け、見事その賭けに勝ったというわけか」

「繰り返しますが」

　私は冷淡な声で答える。

「私は人の善良さを信じたわけではありません。私が信じたのは、お金を盗んでも割に合わないという、人の経済合理性です」

*

　あたりには、通夜のような沈黙が下りた。

　私は動けなかった。部屋はもう明かりが必要なほど暗いが、とても電気をつける気にはならない。教授の姿はすっかり闇に呑まれ、目だけが夜道の猫のように爛々と輝いていた。暗い海の底で、何か得体の知れない怪物とでも対峙《たいじ》している気分だ。

けれど、不思議と怖さは感じなかった。
なぜだろう。私は思いのほか冷静な自分に戸惑う。嘘を見破られて、逆にほっとしたから？　もう教授に後ろめたさを感じる必要はないから？　いや、違う。この感情は——。

喜びだ。

私は教授に間違いを指摘されて、嬉しいのだ。

教授に過ちを正される喜び。かつての私は、私より豊かな知識と経験でもって私を正解に導いてくれる教授が好きだった。そんな羅針盤のような彼の存在に惹《ひ》かれ、私はその背中を追った。熱気に満ちた教室。夜を徹した議論。富の再分配を巡る様々な思想、主張、試み。ケインズかハイエクかの論争。自由主義《リベラル》と新自由主義《ネオリベラリズム》と自由至上主義《リバタリアニズム》の似て非なる三《み》つ巴《どもえ》の議論。ロールズ的社会正義に、原点回帰的な共同体主義《コミュニタリアニズム》。そして、ベーシックインカム論——教授の深い知見から紡がれる言葉は未熟な私にはどれもまぶしく、私は愚直にもその議論の先に明るい人類の未来があると信じ込んだものだった。

誰もが大きすぎない不幸と、小さすぎない幸福の間で暮らせる。

そんな社会が、この学究の果てに存在すると信じて。

人間がどんなものかも、知らずして——。

思わず目頭が熱くなった。あふれる涙をこらえきれず、たまらず下を向く。するとダメ押しのように、教授が懐かしい決まり文句を口にした。

「相変わらず君の論理には不備が多いな。だから言っているのだ。君はいつも結論を急ぎすぎる、と……」

その瞬間、私は教授にすがりつきたくなった。

「教授。私は、私は……」

つい立ち上がろうとする。しかし暗がりで教授と目が合った瞬間、二つの相反する感情が私の中でぶつかった。私は動きを止め、力なくまたソファに腰を落とす。

高揚は瞬く間に去った。心身をすり減らす戦いのあと、抜け殻のようになった私に最後に残ったのは、空虚な徒労感と、まるで提出した論文がD判定で戻ってきたかのような苦々しい挫折感だった。

＊

ピンポーン、と玄関の呼び鈴が鳴った。

……え？　と放心状態だった私は驚く。訪問？　こんな時間に？　いったい誰が。まさか――小池くんが？

「時間か」

教授が腕時計を見て、言った。

「時間？」

「警察だよ。待たせてあるんだ」

え、と再び私は息を呑む。教授は微笑み、コートを手にして立った。混乱する私を尻目に、そのままリビングを出ていく。

訳がわからぬまま、そのあとを追った。玄関で教授は自ら来客を招き入れていた。訪問者は二人。私服の男性と、制服姿の警察官。彼らの姿を見た瞬間、私の足はすくんだ。廊下の途中で立ち止まる私に、二人が揃って険しい視線を向ける。

教授の背中に目で問うた。しかし彼は私を振り向きもせず、そのまま靴を履き始める。私は無意識にその後ろ姿を目に焼きつけた。記憶よりずいぶんと増えた白髪。目立つ首の皺。弱々しく丸まった背中。節くれだった手——。

「教授」

玄関を出ようとする彼に向かい、慌てて訊ねた。

「お願いです。どうか最後に教えてください。どうして教授は——」

ズキンと、胸に痛みが走る。

「そんな犯罪を、したんですか？」

二人の警察官に連行されながら、教授は首だけで振り返った。

「私の犯罪の理由？　それはもちろん——金だ。私には金が必要だった」

その答えに、私は奈落の底に突き落とされた。

手すりにしがみつき、思わず叫びたくなるのをこらえる。信頼。誠意。敬愛。そういった尊くも美しい感情たちが今、私の中で最後の呼吸を終えようとしている。

教授の犯罪——それはもちろん、研究費の不正受給だ。

教授は業者やほかの共同研究者たちと手を組み、架空発注や業務の偽装請負などで研究費を着服していたのだ。

そしてその金の一部を、ゼミ生の小池くんに作らせた銀行口座にもプールしていた。

私がその事実を知ったのはつい半年ほど前だ。小池くんから無理やり話を聞き出した私は、教授への忠誠心と罪悪感の狭間《はざま》で悩む彼を見て、彼を助けると決めた。前途ある青年が汚い大人の犠牲になるなど、決してあってはならない。

問題は口座のお金だった。その金はすでに教授が銀行から下ろし、研究室の金庫に保管しているという。現金にされてしまえば金の流れは追えない。仮に内部告発しても、司法の手が及ぶ前に教授がその金を使い込んでしまったりしたら、その賠償責任は名義人の小池くんにも及ばないか。

私たちは法律の専門家ではないから——もちろん事前に誰かに相談もできない——その点については何とも言えなかった。それで安全を期すため、告発前にその金だけは取り戻しておくことにしたのだ。

そして二人で計画を練り、実行した。方法は教授が明らかにした通り。もう一人共犯者を作れればもっと簡単に封筒を回収できたのだろうが、内容が内容だけに他人を巻き込みにくく、また下手に仲間を増やして計画が漏れることも警戒した。半分は博打《ばくち》のようなものだったが、幸いにも計画はうまく行き、私はその晩にも戦利品を小池くんに手渡すことができた。

ただ小池くんは、すぐには告発に踏み切らなかった。最後の最後で教授を裏切ることに躊躇《ちゅうちょ》していたようだ。その気持ちは私もよくわかったので、私はそれ以上口を挟まず、あとの処理は彼に一任した。

しかしこうしてすでに警察が動いていたところを見ると、思ったより早く彼は決断したらしい。警察官に無様に引っ立てられる教授を見て、私の胸に言いようのない哀《かな》しみが走った。かつては大きく、威厳に満ちて見えた教授の背中。それが今、私の目にはこの世で最もみじめで醜悪なものに映る。

モノトーンの薄暮の中、門脇に立つハナズオウの桃色が泣きたいほど映えていた。モノクロ写真を一色だけ染め抜いたようだ。その美しい花の隣を、グレーのコートを着た教授がとぼとぼと背を丸めながら通り過ぎていく。高級コート。海外ブランドの腕時計。高機能なコーヒーメーカー——そんなもののために、教授はその高尚な志と経済学への真摯な情熱を売り払ってしまったというのか。犯罪は割に合わないという、そんな計算もできなくなるほど教授の理性は欲に曇ってしまったというのか。たかが——金などのために。

「……そうだ」

　教授が門を出たところで、再びこちらを振り返った。

「議論に熱中するあまり、肝心なことを忘れていた。これを言い忘れてはここに来た意味がない。……すまない。ちょっといいだろうか」

　教授は左右の警察官に了解を取り、その手を放してもらう。コートの乱れを直し、咳《せき》払《ばら》いをして私に近づいた。私は乾いた眼差しで見つめ返す。——ここに来た意味？　裁判で不利な証言をしないでくれとでも言うつもりか。だとしたらとんでもないお門違いだ。今さら何を言われようと、一度地に堕《お》ちた教授の威厳が回復することはない。

　彼は言った。

「お願いだ。頼むから、もうあんな小説は書かないでくれ」

　私はしばらく、彼の目を見つめ返した。

「……あんな、とは？」

「あんな夢も希望もない小説だ」

「私が何を書くか、教授に指図される謂《いわ》れはありませんが」

「わかっている。君の人間不信の源が何なのか。君は私に裏切られたと感じているのだろう。だからこそ私が訂正せねばならない。

　確かに私には金が必要だった。しかしそれは私利私欲のためではない。ベーシックインカムのためだ。ベーシックインカムは世界的潮流だが、今の日本での導入の動きは鈍い。そこで議論を促進するため、我々は海外の例に倣《なら》って民間主導で実証実験を行おうとしていたのだ。

　だがメインの協賛企業が急な業績悪化で手を引き、我々は突如資金難に陥った。計画をいったん白紙に戻そうにも、すでに準備に投資していたし契約違反で返金を求められる助成金などもある。クラウドファンディングなどの調達方法も同じく契約違反になるので使えない。

　幸い次のスポンサーの当てはあったので、そことの話がまとまるまで、我々研究参加者たちはなんとか自分たちでつなぎの資金を捻出しようという話になった。しかしどこも予算がカツカツなところばかりでな。そこで多少の無理は承知で、余りそうな予算を一時プールして拝借しようという話になったのだ。

　まあ本来なら、学内の懲戒処分で済む程度の話だ。しかし組織的なところが警察の不興を買ったのだろうな。あるいは政財界などのベーシックインカム反対派が、この機に乗じて裏で手を回したか――とにかく、こうしてお縄になったというわけだ」

教授がおどけるように肩をすくめた。私は玄関の前で棒立ちになる。夜風が吹き、くしゃん、と教授がまた小さく子供のようなくしゃみをした。

「小池くんに事情を話さなかったのは、万一こういう事態になったときに彼を巻き込みたくなかったからだ。あくまで彼は被害者の立場にしておきたかった。だから安心してくれ、この件で彼に責任が及ぶことはない。また彼の今後の受け入れ先も、私のほうで手を尽くして探しておく。私の失態で彼の将来は潰さない。それだけは約束しよう。

だから……とは、もちろん言えた義理ではないが、どうか君も約束してくれ。決して、若者の夢を奪うような小説は書かないと。私のためではなく、これからを生きる若者たちのために。大人はたとえ自分が五里霧中にいようとも、子供には明るい未来を語って聞かせる責務がある。

そしてなにより、君自身が自分に嘘をついてはいけない。愚直でいい。君は君の信じたい未来を語れ。それが君の正しい道だ」

門前にパトカーが停《と》まった。教授は「それじゃ」と気さくに私に片手をあげると、頼りない足取りでそちらに向かう。

途中で立ち止まり、再び私を振り返った。

「そうそう……それと研究室のコーヒーメーカーだが、よければ君がもらってくれ。物持ちのいい恩師でな。年代物だがまだ充分使えるはずだ。美味《うま》いぞ。朝の挽《ひ》き立ての一杯は。きっと執筆も捗《はかど》る」

教授がパトカーに乗り込む。エンジン音が響き、遠のいた。静寂が戻ると、私は何かに突き動かされるように裸足《はだし》のままふらりと門を出て、道路の真ん中に人形のように立ち尽くす。

すべてが影絵のように色を失う世界の中で、唯一、門脇のハナズオウの桃色だけが、いつまでも私の目に残った。

＊

あ――。

その場にひざまずき、両手で顔を覆う。

ああ。

私は……なんてことを。

教授の言う通りだった。私は教授に裏切られたと感じた。小池くんの告白に私はまず耳を疑い、それから世界が崩壊したような失望を味わった。夫の死と事故の後遺症、二つの不運に耐えながらもなんとか前向きに生きようとしていた私にとって、それは最後の砦《とりで》が陥落したにも等しい残酷な告解《こっかい》だった。

だから私はその失意を小説にぶつけた。人間の醜い部分をこれでもかと書いた。ＡＩでは実の子よりロボットを愛する母親の闇を書き、遺伝子では一握りの金持ちだけが完全な肉体でこの世の春を謳歌《おうか》する格差社会のディストピアを書いた。ＶＲでは社会と隔絶してひたすら自分の世界にひきこもる青年を書き、人間強化《エンハンスメント》では視覚にハンデを負ったいじめられっ子が全身改造のすえ復讐《ふくしゅう》後自殺する、世にも忌まわしい救われない物語を書いた。

確かに私の小説の主題は、未来の価値観の変化にあった。私は技術革新により、欲望の赴くままに暴走し変わりゆく人間たちを描きたかったのだ。

経済を題材に選ばなかったのは、単にそんなものは書くに値しないと思ったから。ケインズ主義だろうとハイエク主義だろうとマルクス主義だろうと、そのルールに順応した一部の勝者たちが美味《おい》しいところを総取りし、その残りを敗者たちで奪い合うという社会の構図に変わりはない。それが人間の本質なら、そのうわべのルールをあれこれ弄り回すことにどれだけの意義があるだろうか。

――けれど。

私はこみ上げる嗚咽《おえつ》をこらえる。私の脳裏に、コートを大事そうに畳む教授の姿がふと浮かんだ。思えばあのコートは私が学生のころから着ていなかったか。仮に何十万もするコートでも、一生物なら一年あたりの費用はいくらになるだろう。

腕時計もそう。昔飲み会の席で、結婚式をあげられなかった妻への罪滅ぼしにと、銀婚式には何か値の張るものを贈ってやりたいと照れ臭げに言っていなかったか。そして腕時計などどうでしょう、と助言したのはほかならないこの私ではないか。

教授は何一つ——変わっていなかった。

私は滲む目で門脇のハナズオウを見上げる。同じ仲間のセイヨウハナズオウは、別名「ユダの木」とも呼ばれる。キリストに裏切りを予言され、その予言に突き動かされるようにたったの銀貨三十枚で祭司長《さいしちょう》に最愛の師を売り渡したイスカリオテのユダ。そのユダがキリスト処刑後に罪を悔い、首を吊《つ》ったとされるのがそのセイヨウハナズオウだ。

——私は、ユダだったのだろうか。

私は一人の若者と引き換えに、もっと多くの若者たちを救うはずだった賢者を刑吏に差し出してしまったというのか。だとしたらどうしてこの先私に小説など書けよう。無理だ。とても書けない。少なくとも今は。

ならば逆に外れてほしい。怨嗟《えんさ》に満ちた私の小説など、悪い冗談だと言わんばかりの未来であってほしい。

私は今、夢想する。ＡＩが人間と寄り添い、遺伝子工学が人々に遍《あまね》く恩恵を与える社会を。ＶＲが他者への理解を深め、癒やし、強化技術が人の諦めを希望に変える社会を。そこでは技術が人を映す鏡となり、人が人を知り、あらゆる価値感が正しく再構築される。人々は日々の糧を稼ぐ無益な労働から解放され、その余裕ある暮らしの中で、初めて真に隣人と向き合い、語らい、ともに親しく手を取り合って、より困難な人間の課題に真正面から立ち向かう——。

願わくば、そんな未来が訪れんことを。

参考文献

『ポスト・ヒューマン誕生』レイ・カーツワイル
井上健監訳　小野木明恵・野中香方子、福田実共訳（NHK出版）
『隷属なき道』ルトガー・ブレグマン　野中香方子訳（文藝春秋）
『これからの「正義」の話をしよう』マイケル・サンデル　鬼澤忍訳（早川書房）
『AI時代の新・ベーシックインカム論』井上智洋（光文社）
『つれづれの鎌倉』沢寿郎（かまくら春秋社）
『東慶寺と駆込女』井上禅定（有隣堂）
『転んでも、大丈夫』臼井二美男（ポプラ社）
『中途盲ろう者のコミュニケーション変容』柴﨑美穂（明石書店）
『福祉工学への招待』伊福部達（ミネルヴァ書房）
『スタンフォード大学で一番人気の経済学入門（ミクロ編・マクロ編）』ティモシー・テイラー
池上彰監訳　高橋璃子訳（かんき出版）
『経済学原理（第一〜第五）』ジョン・スチュアート・ミル　末永茂喜訳（岩波書店）

解説

大森　望

財布を持たずに外出してもいまはあんまり困らないが、スマホを忘れたらなにもできない。カメラにモバイルSuicaにGoogle Mapにネット検索に電子決済、YouTubeにTwitterにInstagramにTikTokにサブスク音楽配信。知りたいことはスマホに質問すればデジタルアシスタントがたちどころに教えてくれるし、カメラをかざせば何語だかわからない外国語も翻訳してくれる。三十年前には影もかたちもなかった小さな機械に毎日どんなに頼っているか、あらためて考えるとちょっと怖くなるくらいだ。

テクノロジーは驚くほどの速さで人間の生活をどんどん変えていくし、人間は驚くほどの速さでその変化に慣れてしまう。いったん日常になってしまえば、その変化をあらためて意識することも少ない。では、予想されているけれど（あるいは部分的に実現しているけれど）まだ全面的に一般化していないテクノロジーについてはどうなのか。

《三体》三部作で知られる中国のSF作家・劉慈欣《りゅうじきん》は、ありうべき未来をフィクションのかたちで描き、人間に心の準備をさせるのがSFの役割のひとつだと述べている。さまざまな新しいテクノロジーが現実に普及したとき、社会に何が起きるか。SFはそれを（作家の想像力という、きわめて低コストの手段で）さまざまにシミュレートしてみせる。

――と、すっかり前置きが長くなったが、本書は、全五編から成る連作集のかたちで、そういう〝来たるべき未来〟に人間が技術によってどう変わるかをリアルに考察し、人の〝心〟と新たなテクノロジーとの関係を解きほぐす。二〇一六年から一八年にかけて集英社の月刊誌〈小説すばる〉に発表された四編に、書き下ろしの最終話「ベーシックインカム」を加えて、二〇一九年十月、単行本『ベーシックインカム』として刊行された。お手元のこの本は、その文庫版。文庫化に際して部分的に大きく改稿され、（最終話の章題も含め）『ベーシックインカムの祈り』と改題されている。

扱われているモチーフから言えば、ゆるやかにつながるSF連作集と呼ぶこともできるだろう。ただし、著者の井上真偽はSF畑の作家ではなく、緻密な論理をアクロバティックに駆使することで知られる本格ミステリー畑の作家。本書でも、SF的な設定がミステリー的な手続きに活用されている。それも、たんに時代背景を近未来に設定した本格ミステリーというわけではなく、〝SFであること〟がミステリー的なサプライズと密接に関わっているのが特徴だ。いまはまだそこまで普及していないテクノロジーをとりあげて、それがすっかり日常に溶け込んであらためて意識されなくなった時代を背景にすることで、作品に認識的異化作用が生まれる。ＳＦのモチーフとミステリーの手法ががっぷり四つに組んだ、かなりレアなタイプのＳＦミステリーなのである。

扱われるモチーフは、ＡＩ（人工知能）、遺伝子改良人間（デザイナーベビー／ポストヒューマン）、ＶＲ（仮想現実）、人間強化（ヒューマン・エンハンスメント）……。部分的にはすでに現実化しているこうしたテクノロジーの科学的技術的な仕組みやディテールは括弧に入れ（いわばブラックボックスのままにして）、それが人間の社会や生活をどう変えるかにスポットライトを当てる。

なるほど、ＳＦ専門じゃない作家だからこそ、そういうところに着目するわけか――と思うかもしれないが、必ずしもそうではない。たとえば、当代最高の短編ＳＦの書き手と目されるＳＦ作家のテッド・チャンは、まさにそういうタイプの短編をいくつも書いている。日常生活のあらゆる細部をライフログとして記録し、そういう〝過去〟をいつでも簡単に参照できるようになったとしたら？　あるいは、並行世界（マルチバース）にいる、ありえたかもしれないもうひとりの自分と対話できる技術が一般化したとしたら？　そのとき社会はどう変化し、人間の心はそれにどう反応するのか（前者は「偽りのない事実、偽りのない気持ち」、後者は「不安は自由のめまい」。ともに第二短編集『息吹』所収）。

ＳＦ作家であるテッド・チャンが、新たな技術とそれがもたらす変化を小説の核に据えるのに対して、井上真偽はその変化を道具に使って本格ミステリー的な謎に驚きを重ね合わせる。

たとえば、第70回日本推理作家協会賞短編部門にノミネートされた巻頭の「言の葉の子ら」。主人公は、語学留学のかたちで日本の保育園にやってきて、保育士の仕事を手伝っているエレナ。言語についてユニークな感性を持つ彼女は、園の子どもたちと触れ合う中で、子どもの言葉遣いに小さな違和感を抱く。女の子に暴力をふるって泣かせた男の子に話を訊《き》いてみると、「女の子はずるい」と言うのだが……。

園児が加害者となった事件の動機を探る〝ホワイダニット〟型の本格ミステリーとも言えるが、その事件の背後にあるきわめて人間的な（情緒的な）事情を明らかにするのが新しいテクノロジーだという点がユニークだ。ノーベル賞作家カズオ・イシグロの長編『クララとお日さま』では、AF（Artificial Friend）と呼ばれる子ども型ロボットが有する〝異質な思考〟が文学的な感動と結びついていたが、それに本格ミステリーの方法論を融合させたのが本編の特徴。カズオ・イシグロは、『わたしを離さないで』でもSF的なモチーフを使ってミステリー的な仕掛けをつくりだしているが、一人称の語りによって情報の出し方をコントロールし、読者の不意を衝《つ》く点も含め、物語のつくりかたは本書の収録作とよく似ている。そして本書も、『わたしを離さないで』や『クララとお日さま』と同じく、テクノロジーと謎を通じてエモーショナルなドラマを紡ぐ。

『ベーシックインカムの祈り』には、人間を物理的に変えてしまう技術も登場する。「存在しないゼロ」では出生前遺伝子治療による〝デザイナーベビー〟が俎上《そじょう》にのぼり、「目に見えない愛情」では、人工視覚手術による身体改造が描かれる。後者は、昔風に言えばサイボーグもしくは改造人間だが、最近は〝トランスヒューマン〟と呼ばれることが多い。

サイバーパンク運動を主導した、SF作家ブルース・スターリングは、作中で未来の人類（ポストヒューマン）を二派に分け、遺伝子的に身体を改造する派をシェイパー（生体工作者）、外科的な手法で改造する派をメカニスト（機械主義者）と呼んだ。その分類にしたがえば、「存在しないゼロ」はシェイパーの、「目に見えない愛情」はメカニストの物語ということになるだろう。当代最高のSF作家と目されるグレッグ・イーガンは『万物理論』の中で、こうしたテクノロジーをフランケンサイエンス（〝フランケンシュタインの怪物〟を生み出してしまうような科学技術）と呼んだが、程度に違いはあれ、このようなテクノロジーはすでに現実のものになっている。

本書にはもっとソフトな変化を描く作品もある。「もう一度、君と」では、失踪した妻がその直前まで体験していた観賞型VRソフトウェアが事件の鍵を握る。「鎌倉怪談」シリーズの新作だという問題のタイトル「雪之下飴乞幽霊」は、いわゆる〝子育て幽霊〟もののバリエーションで、夜ごと飴屋のもとに飴を買いに来る女の幽霊の話だ。ただし、このVRソフトウェアでは、映画やテレビドラマと違って、物語を外から眺めるだけでなく、登場人物の目になって体験することもできる。ですます調で語られるこの作中作は息を呑《の》むほどすばらしい出来映えだが、それだけではなく、VR技術を介することで、古典的な怪談が現代人の心の謎と鮮やかに結びつき、読者の胸に迫る。技術は革新されても人間の情は変わらない。だからこそ、本書では未来的なテクノロジーが人間の心を映し出す鏡として機能する。そこから生まれる驚くほどストレートな感動が本書の一番の読みどころかもしれない。

　表題作でもある最終話は、扇の要の役割を果たす作品。タイトルの〝ベーシックインカム〟とは、作中の説明を借りれば、「国民の一人一人に、最低限の生活ができるレベルのお金を一律無条件に給付しよう、という社会保障制度」のこと。コロナ禍以降あらためて脚光を浴び、このところメディアで議論される機会も増えている。

　とはいえ、本編は社会問題サスペンスでも経済学ミステリーでもない。たしかに経済学的な議論は出てくるし、事件現場は大学の経済学研究室だが、小説の核心は、「三重の密室（研究棟の受付と、オートロックのドアと、暗証番号で守られた金庫）からいかにして現金が盗み出されたか」という謎。本書の収録作ではもっともオーソドックスな本格ミステリーの構造を持つ。

ちなみにこの作品は文庫化に際して大幅に改稿され、金庫から盗み出されたものが預金通帳から現金に変わり、三重の密室からの消失トリックはまったく新しいものに改変されている。単行本で読んだという人にも、ぜひこの文庫版で再読することをお薦めしたい。

ともあれ、ラストに控えるこの表題作が、それまでの四作品のテーマを再検討したうえでひとつにまとめ、連作にきれいに幕を引く。SFとミステリー双方の強味を生かし、来たるべき未来に備えるための知恵と勇気を与えてくれる一冊が誕生した。

著者の本が集英社文庫に入るのはこれが初めてなので、最後に経歴を簡単に紹介しておこう。井上真偽は、神奈川県出身、東京大学卒業。二〇一四年に『恋と禁忌の述語論理《プレディケット》』で第51回メフィスト賞を受賞。翌年、同書が講談社ノベルスから刊行されて作家デビューを飾る。同二〇一五年に出た第二作『その可能性はすでに考えた』とその翌年に出た続編『聖女の毒杯　その可能性はすでに考えた』(ともに講談社ノベルス初刊)が二年連続で本格ミステリ大賞候補となったほか、ともに『本格ミステリー・ワールド』の年間推薦作「読者に勧める黄金の本格ミステリー」に選ばれるなど、各種のミステリー・ランキングを席巻。後者は「２０１７本格ミステリ・ベスト10」の第1位を獲得し、井上真偽は本格ミステリーの注目すべき新鋭としての地位を確立する。

二〇一七年に講談社タイガから出た『探偵が早すぎる』は、翌年夏、日本テレビ系「木曜ドラマF」枠で連続ドラマ化（滝藤賢一、広瀬アリス主演）。これが好評を博して、二〇一九年十二月には二週連続のスペシャルドラマ版が実現。さらに、二〇二二年四月からは、第二シーズンにあたる『探偵が早すぎる　春のトリック返し祭り』が同じ「木曜ドラマ」枠で放送された。三月薫によるコミック版も刊行されている。

二〇一九年には本書『ベーシックインカム』を刊行。二〇二〇年には実業之日本社から、書き下ろし長編『ムシカ　鎮虫譜』が出ている。ここ数年、本格ミステリー出身の新鋭は多士済々だが、その中でももっとも注目される才能のひとりだろう。

（おおもり・のぞみ　書評家）

本書は、二〇一九年十月、集英社より刊行された『ベーシックインカム』を文庫化にあたり、『ベーシックインカムの祈り』と改題したものです。

初出
言《コト》の葉《ハ》の子ら　「小説すばる」二〇一六年八月号
存在しないゼロ　「小説すばる」二〇一七年五月号
もう一度、君と（「もう一度君に」改題）　「小説すばる」二〇一七年十月号
目に見えない愛情　「小説すばる」二〇一八年五月号
ベーシックインカムの祈り（「ベーシックインカム」改題）　単行本書き下ろし

集英社文庫

ベーシックインカムの祈《いの》り

2022年10月25日　第1刷
2024年1月24日　第2刷

定価はカバーに表示してあります。

著　者　井上真偽《いのうえまぎ》

発行者　樋口尚也

発行所　株式会社　集英社
東京都千代田区一ツ橋2-5-10　〒101-8050
電話　【編集部】03-3230-6095
【読者係】03-3230-6080
【販売部】03-3230-6393（書店専用）

印　刷　TOPPAN株式会社

製　本　TOPPAN株式会社

フォーマットデザイン　アリヤマデザインストア　　マークデザイン　居山浩二

本書の一部あるいは全部を無断で複写・複製することは、法律で認められた場合を除き、著作権の侵害となります。また、業者など、読者本人以外による本書のデジタル化は、いかなる場合でも一切認められませんのでご注意下さい。

造本には十分注意しておりますが、印刷・製本など製造上の不備がありましたら、お手数ですが小社「読者係」までご連絡下さい。古書店、フリマアプリ、オークションサイト等で入手されたものは対応いたしかねますのでご了承下さい。

© Magi Inoue 2022　Printed in Japan
ISBN978-4-08-744445-2 C0193